中國現代文學
流派漫談

朱汝瞳 著

認識大陸作家系列

目　次

第一章　白話詩派

　　白話詩派是指「五四」期間，團結在《新青年》周圍的寫白話詩的一群詩人。他們對中國白話新詩的誕生和發展起過重要作用。

　　中國是詩歌王國。從風謠體到騷賦體，從五七言到近體詩，再到詞曲，舊格律詩歌發展到了巔峰，取得了極為輝煌的成就。詩作為語言的藝術，最早的《詩經》語言和口語還保持較多的一致性，但隨著社會的發展，詩語言越來越程式化和僵化，要求更多的雕章琢句。因此古典詩詞在形式上雖有變革，但聲調格律卻已定型，語言漸漸失去生命力，文與言距離越來越大。到了清代桐域派，復古主義盛行，詩、詞、曲都重模仿和因襲，藝術形式更趨僵化。詩壇上的這股頹風嚴重束縛了詩歌的發展。維新運動後，黃遵憲、譚嗣同、梁啟超提出「詩界革命」，但只革內容，不革形式，所謂「以舊風格含新意境」，於是收效微乎其微。「五四」前夕，民主與科學成為不可抗拒的潮流，處在這樣一個風雷激盪的時代裏，作為表現新時代和抒發新思想感情的詩歌，勢必要砸爛舊詩鐐銬，創造一種自由靈活，以口語和白話的自然音節為節奏的新詩體式。時代，生活和詩歌藝術本身發展規律，孕育了白話詩體的誕生。

　　白話詩的產生和西方思想文化具有十分緊密的聯繫。除了在思想內容吮吸西方民主主義和人文主義精神外，在創作理論上，作為白話文運動的導火線，是胡適 1917 年發表的〈文學改良芻議〉。其所提出的「八不主義」，實際上是借鑒美國印象主義的「六戒條」。從創作實踐上看，則有大量外國詩歌的翻譯。西方的自由詩體形式和語言規律，對於有志於創新的中國詩人無疑是一種別開生面的選擇。西方自由詩

體，詩無定節、節無定句、句無定字，自由靈活、不拘一格的體式，對中國傳統的工整嚴謹的格律無疑是一種徹底的反叛，因此容易被新詩作者和廣大讀者所接受。比如胡適的〈關不住了〉，他自稱這一首「是我的新詩成立的紀元」，其實是一首譯詩。他從譯詩中領悟到了一些新詩的妙諦，直接影響了他的創作。〈關不住了〉是胡適從英語直譯的。英語詩的文法接近於散文，句子成分一般都是齊全的，係詞、動詞、冠詞、物主代詞及動詞的時態和語態，名詞之數和格均不可少。於是，中國古典詩歌由平仄聲構成的語音旋律徹底消失了；音調也不再那麼悅耳動聽和引人注意了，只有節奏保存下來。但這種節奏在音組的構成、劃分及其組合搭配時，要與語義發生極為密切的聯繫，它不是像舊詩那樣獨立自足。胡適說，自從找到〈關不住了〉這種新詩格式以後，他的詩擺脫了「詞調時期」的氣味，漸漸做到「新詩的地位」。因此，他隨後的創作，如〈威權〉、〈樂觀〉、〈上山〉、〈周歲〉、〈一顆遭劫的星〉，「都極自由，極自然，可算得我自己的『新詩』進化的最高一步」（《嘗試集》再版自序）。周作人最有名的詩是〈小河〉。在〈小河〉的附言中，他自稱受了法國波德賴爾散文詩影響，「內容大致仿歐洲的俗歌，俗歌本來最要葉韻，現在卻無韻」。可見中國白話詩的誕生與世界詩歌具有密切的關係。

白話詩派的形成是以《新青年》為中心的。1917 年 2 月，胡適為了實踐自己的文學改良主張，在《新青年》上發表了〈白話詩八首〉，同年 6 月又在《新青年》上發表〈白話詞四首〉，胡適把最早的新詩定名為「白話詩」，意味著語言與形式的革新，也表明作者與雜誌編者對新詩的基本要求和見解。1918 年 1 月，《新青年》全部改用白話，又發表了胡適、沈尹默、劉半農白話詩九首。此後，《新青年》上新詩不斷增多，陳獨秀、魯迅、俞平伯、陳衡哲、沈兼士、李大釗、周作人等均有白話詩發表。這些詩歌呈現出不同風貌，有無韻自由體、半自由體、格律體、民歌體、散文詩和譯詩，雖然大多未脫盡舊詩詞氣味，藝術上不完美，但詩人努力掙脫舊詩詞格律的束縛，呈現出一股生氣

勃勃的生命力。在《新青年》的影響下，北京大學學生創辦了《新潮》雜誌，闢有新詩專欄，時時有羅家倫、俞平伯、傅斯年、康白情、朱自清、顧學成等人的白話詩發表。接著《少年中國》、《每週評論》、《星期評論》、《晨報・副刊》、《民國日報・覺悟》、《時事新報・學燈》都先後發表白話詩。這些新詩在內容上、形式上呈現了相同相近的詩風，大體上反映了新詩草創期的面貌。因此，劉半農、茅盾稱之為白話詩派。

　　白話詩派探索詩語言形式的改革。他們從言文一致出發，突破舊體詩詞的框架，在形式上進行了全面革新，具體地說有如下幾點。

一、提倡真實、反對虛假。1917 年 7 月，劉半農發表〈詩與小說精神之革新〉一文，猛烈評擊近世封建遺老遺少無病呻吟、偽飾矯情的假詩世界，他指出：「作詩本意，只須將思想中最真的一點，用自然音響節奏寫將出來便算了事，便算極好」，而瀰漫在當時詩壇上的卻是專講格律聲調，拘執著幾平幾仄，一味追求句子的工巧，這樣的虛偽文字，一定會造出一個「不可收拾的虛偽社會來」。他認為新詩創作應是寫實求真，重於自然感情流露。這裏，劉半農已不單純從形式上著眼，而是結合詩人的思想感情探討詩的革新了。

二、增多詩體，重造新韻。增多詩體，劉半農提出了三種途徑，第一是「自己創造」；第二是輸入他種詩體；第三是於有韻詩之外，增加無韻之詩，即「不限音節，不限押韻之散文詩」。他認為新詩要發展，必須先要破戒律，衝破詩壇上千百年來用韻拘於《四聲譜》的藩籬，使新詩用韻接近於大眾口語。他提出「破壞舊韻，重造新韻」的主張。古典詩歌的聲調、韻律原來是與民族語言特點緊密結合的，其後隨社會發展，文與言之間距離拉長，不少舊韻在今音中已不韻，於是劉半農提出破壞舊韻是有卓識的。他提出三種「重造新韻」的辦法。第一「各就土音押韻」；第二「以京音為標準」；第三「希望國語研究會撰一定譜」。他的見解是立足於當

代語音體系上，尤其建立於現代普通話的京音標準上，這就更切合於當代口語的韻轍，有利於新詩的發展。後來趙元任制定《國音新詩韻》，證實劉半農的設想是可行的。

三、詩體的大解放。詩體的大解放，是「五四」時期白話詩派共同努力的方向。詩體大解放就是胡適所說的：「把從前一切束縛自由的枷鎖鐐銬，一切打破：有什麼話，說什麼話；話怎麼說，就怎麼寫。這樣方才可有真正白話詩，方才可以表現白話的文學可能性」（《嘗試集‧自序》）。胡適這種主張，在〈談新詩〉中發揮得更加淋漓盡致。如果從宏觀上考察藝術發展的過程，往往是內容變革先於形式的變革，內容佔主導方面。但從某些特定時期的文學微觀現象來探討，有時形式也可能成為變革的主導因素。特別是內容受舊形式嚴重束縛成為阻礙時，形式的變革對內容更會產生引向作用。「五四」前夕，舊詩受聲韻、格律、駢偶、典故等束縛，僵化的形式對於表現新的思想感情成為嚴重桎梏。在這種形勢下，不解放詩體，就無法適應思想啟蒙運動的要求，新詩也不可能破土而出。因此，胡適把詩體的大解放作為白話詩的第一步，強調語言與形式的革新，這是符合新文學歷史要求的，也是白話詩派的共識和追求的方向。

四、新詩的藝術規範。俞平伯在 1919 年 3 月發表的〈白話詩三大條件〉一文中較早提出了新詩的美學建設問題。他認為白話詩絕不是為了通俗。他認為詩美在於「遣詞命篇之完密優美」，因之，他提出：「一、用字要精當，做句要雅潔，安章要完密」；「二、音節務求諧適，卻不限定句末用韻」；「三、說理要深透，表情要切至，敘事要靈活」。他從遣詞、造句、表情、敘事、結構、音節等方面對白話詩做了藝術規範。這些在白話詩初期有助於克服新詩創作中藝術幼稚、形式單調的弊病。

白話詩派對新詩的創立做出了歷史性的貢獻。但從詩藝術來看也存在著一些缺陷。主要是非詩化傾向。初期他們信守「作詩如作文」

的原則，這個提法模糊了詩與散文的界限，忽視了作為藝術的詩歌特徵，結果造成了一些詩的語言貧乏。白話詩派還存在重實踐、輕想像的傾向。胡適當初提倡詩的經驗主義，就是重視個人的經驗，強調對客觀生活做逼真的描寫，而輕視詩人的藝術想像，沒有把詩的主觀情感、想像作為詩的要素。而缺乏想像的飛揚、缺乏情感的熱烈、缺乏對生活感受的昇華，其詩顯然感動不了讀者。白話詩派還有「說理化」、「直白」的缺點。但是毋庸置疑，新詩草創時期的缺點，絕對遮蔽不了它成就的歷史光輝。

第二章　人生派

中國現代文學史上，「人生派」有廣義和狹義兩種說法。廣義是指當時所有主張文藝為人生的流派，其中包括新潮社、語絲社、莽原社和未名社等；狹義的則是指文學研究會。這裏主要講文學研究會，因為它最能代表人生派的發展趨向和流派特徵。

第一個問題講文學研究會的成立和主張。1919 年，在北京有個社會實進會的組織。北京的鄭振鐸、耿濟之等人在其組織中辦《新社會》、《人道月刊》雜誌，但由於受到政府的壓力，先後被查封停辦了。於是他們想組織一個文學社團，出版一個文學雜誌，「以灌述文學常識，介紹世界文學，整理中國舊文學並發表個人的創作」（〈文學研究會報告〉）。這個想法得到了好多人的贊許。但由於經濟關係，他們自己無力出版雜誌，所以計劃與上海各書局聯合。當時適逢商務印書館經理張菊生和編譯所主任高夢旦在北京。經協商，他們答應改革《小說月報》。不久，沈雁冰從上海來信，說他接任《小說月報》主編。於是北京仁人積極籌備文學研究會的成立，推舉鄭振鐸起草會章，周作人起草宣言。隨之，以周作人、朱希祖、蔣百里、鄭振鐸、耿濟之、瞿世英、郭紹虞、孫伏園、沈雁冰、葉紹鈞、許地山、王統照十二人為發起人，在北京各報刊上發表宣言和簡章，徵求會員，1921 年 1 月 4 日，在北京中央公園召開文學研究會成立大會，選舉鄭振鐸為書記幹事。

文學研究會會員先後發展近二百人，全國許多城市都成立了分會，並分別出版自己的刊物。《小說月報》實際上成了文學研究會的代會刊。文學研究會的成立及其活動，對中國新文學運動的發展起了很大的推動作用。

　　文學研究會發表了「宣言」和「簡章」，其中有兩點值得注意。第一是針對當時獨霸文壇的鴛鴦蝴蝶派的遊戲消遣文學，強調主張「文學是與人生很切要的一種工作，是值得終身從事的事業」。這對封建社會「學而優則仕」，把從事文學視作文人窮途末路的觀念，是一個有力的反駁。第二是介紹世界文學和整理中國舊文學。中國舊文學源遠流長，精華和糟粕雜糅在一起，需要進行深入的整理和研究。況且，「五四」時對中國舊文學有否定過分的傾向。因此，文學研究會提出整理和研究中國舊文學，不僅在客觀上起了某種糾偏作用，並且為整理研究舊文學做了一個良好的開端。文字研究會並不是一個有組織紀律、頗為嚴密的文學社團。它組織渙散，缺乏共同遵守的理論綱領和明確的奮鬥目標，在眾多會員中，他們的政治傾向和文學觀點也並不相同。不過有一點卻有基本一致的態度和傾向，那就是他們對文學和當時文壇現象的認識。茅盾後來在〈關於「文學研究會」〉一文中說過：「如果有所謂『一致』的話，那亦無非是『將文藝當作高興時的遊戲或失意時的消遣的時候，現在已經過去了』這一基本的態度。現在想起來，這一基本的態度，雖則好像平淡無奇，而在當時，卻是文學研究會所以能成立的主要原因。」這個基本態度，在當時是被理解作「文學應該反映社會的現象，表現並且討論一些有關人生一般的問題」（《中國新文學大系‧小說一集‧導言》）。在文學研究會派的作家，如冰心、盧隱、王統照、葉紹鈞、許地山等人的作品中，都很明顯的可以看出來。可見，「為人生而藝術」是文學研究會主要人員的共同主張。鄭振鐸在《中國新文學大系‧文學論爭集‧導言》中說，《小說月報》、《文學旬刊》「這兩個刊物都是鼓吹著為人生的藝術，標示著寫實主義的文學的；他們反抗無病呻吟的舊文學；反抗以文學為遊戲的鴛鴦蝴蝶派的『海派』文人們。他們是比《新青年》派更進一步的揭起了寫實主義的文學革命的旗幟的。他們不僅推翻傳統的惡習，也力拯青年們於流俗的陷溺與沉迷之中，而使之走上純正的文學大道」。於是我們可以

看出，人生派的寫實主義內容和任務，就是反映社會人生生活，表現和探討人生問題，其文學職責就是要改良社會、改良人生。

第二個問題，講一下文學研究會的文學貢獻。文學研究會作為一個文學社團，從 1921 年 1 月成立到 1925 年「五卅」以後，逐漸趨於解體，活動的時間並不很久，但對中國新文學的貢獻是多方面的。其一是提倡現實主義文學，強調文學的社會職能。〈《小說月報》改革宣言〉中說：「同人以為寫實主義在今日尚有切實介紹之必要」，「深信一國之文藝為一國國民性之反映」。這裏的寫實主義，就是現實主義。文學研究會成立時的靈魂人物是周作人。周作人提倡「人的文學」，也就是以「人道主義為主，對於人生諸問題，加以記錄研究的」文學。他在〈平民文學〉一文中說明：「第一，平民文學應以普通的文體，記普通的思想與事實」；「第二，平民文學應以真摯的文體，記真摯的思想與事實」；文學作品必須「以真為主，美即在其中，這便是人生的藝術派的主張」。這裏強調反映思想與事實，強調研究人的生活，強調藝術的真實，都涉及到了現實主義的基本內容。可以說，這是文學研究會現實主義文學觀念的濫觴。茅盾在 1922 年與鴛鴦蝴蝶派的衝突中，也曾經大力提倡自然主義小說的客觀描寫，也提倡過新浪漫主義的理想描寫，但這一切都是為了達到文學為人生的目的。我過去寫過，〈茅盾與自然主義〉、〈茅盾與新浪漫主義〉兩篇文章，有興趣的同志可以找來看看。

其二，大力翻譯介紹外國文學。介紹世界文學是他們成立文學研究會的宗旨之一。為此，《小說月報》專門開設了「譯叢」欄目，譯載西洋名家著作。《小說月報》從 12 卷至 16 卷，出了「被損害民族文學專號」、「泰戈爾專號」、「拜倫專號」、「非戰文學專號」、「安徒生專號」、「羅曼羅蘭專號」以及「俄國文學研究」、「法國文學研究」兩個增刊。出版的五集叢刊，計六十種，其中三十一種是譯作，可見對翻譯的重視。

其三，致力於創作，結出了一批新文學的碩果。現代文學史上的一些名篇許多都發表在《小說月報》上，如魯迅的〈端午節〉、〈社戲〉

和〈在酒樓上〉；許地山的〈命命鳥〉、〈綴網勞蛛〉；冰心的〈超人〉、王統照的〈微笑〉，朱自清的〈小艙中的現代〉；盧隱的〈海濱故人〉；許傑的〈慘霧〉；魯彥的〈柚子〉；葉紹鈞的〈潘先生在難中〉；老舍的〈老張的哲學〉等等，徐志摩、李金髮在《小說月報》上也發表了許多詩歌和散文。

其四，重視文學批評，積極開展文藝評論活動。文學研究會在文學批評方面既有理論又有實踐，某種意義上起到了開路先鋒的作用。《小說月報》的改革宣言中，就認為文學批評與文學的興盛有著相鋪而進的關係，他們相信批評在文藝上有極大之權威，能左右一時代之文藝思想，甚至認為「必先有批評家，然後有真文學家」。這裏，今天看來有偏頗，但在上世紀 20 年代，文壇上極缺乏文學批評的狀況下，他們的提倡也應肯定，事實上，當時也促進了文學的創作。

第三個問題，講一下人生派的流派特徵。人生派的主要成就是在小說方面，出於「為人生」的文藝觀，文學研究會作家的小說多半寫探索人生問題、表現對人生見解的各種題材，提出當時他們所關心的婚姻、家庭、出路、道德等等各種問題。一般說來，他們較少把筆下的社會問題從政治角度上給予解釋，而是當作人生問題來探討。有不少作品把愛作為合理的人生，塑造了一些作為愛的化身的形象。他們也表現下層社會的痛苦，揭示生活中的不公平和不合理。文學研究會最重要的幾位小說家的作品，一般都有這樣的特點。比如葉紹鈞，他是「人生派」的重鎮。茅盾評論他「冷靜地諦視人生，客觀的，寫實的，描寫著灰色的卑瑣人生的」。葉紹鈞以愛與美的追求，回答嚴峻生活現實的提問。他的〈這也是一個人〉通過一個連姓氏都沒有的農家婦女的悲慘故事，揭示了人與人之間的冷漠；〈曉行〉則是憫農之作；〈飯〉描寫了小學教員生活的艱辛。這些作品都有較強的批判力度，顯示了敢於直面人生的真誠風格。葉紹鈞對生活開掘得更充分的力作是〈潘先生在難中〉。作品將人物與軍閥混戰的黑暗社會聯繫起來，戰亂逼得教員疲於奔命，在較為單純的情節中展開了曲折透迤的描寫，

讓人物的心理波動隨著戰事的張弛，畫出令人啼笑皆非的曲線。作家不著任何臧否，一個灰色的小知識份子卑微的靈魂便躍然紙上。葉紹鈞的人生小說講究謀篇佈局，結構謹嚴有度，描寫冷靜客觀，風格雋永含蓄，語言平實純正，對人生派小說的創作起到了推動作用。人生派小說另一個代表人物王統照，他初期的小說曾用象徵手法表現愛和美的追求，然而他又表現理想與現實的矛盾。短篇小說〈沉思〉，描繪了美的人，美的思想不容於惡濁的社會，反映了理想與現實的衝突。〈微笑〉宣揚了美和愛具有改造人生的神祕魔力，但作為美與愛化身的女犯人，卻處於終身監禁，理想變成了幻想。他與葉紹鈞不同。他側重於用象徵手法主觀寫意，顯露他善於體驗和表現人物情緒心志的藝術才能，並以耽於內省式的沉思給人物敷上一層特別色彩，具有輕倩飄逸之風。人生派的另一位重要作家是冰心。她以「問題小說」起步，表現了探究人生意義的熱忱。她的小說側重於家庭、婦女的角度，提出社會人生問題，目的在感化社會，「叫人看了有所警覺」，「想去改良」，顯示了獨特的視角。〈兩個家庭〉、〈斯人獨憔悴〉都是這樣的作品。其他的如盧隱，在戀愛題材中，以打破人們的迷夢、揭開歡樂的假面，達到她對黑暗社會發出詛咒的目的。〈海濱故人〉反映了感情與理智衝突下的悲觀和苦悶。因此，我們綜觀人生派小說的共同特徵，鮮明地具有如下幾點。首先，有強烈的社會責任感。他們希望憑藉文學的力量來改造人生、促進社會的進步。因此他們往往反對唯美主義、遊戲主義的文學主張。

　　其次，創作題材廣泛，內容豐富。他們通過藝術的形式，提出了各種人生問題，遠遠離開了敘述自己身邊的日常生活，而是以廣闊的社會視野，擷取人生題材。

　　再是推動了現實主義文學的深化。人生派作家初期創作雖然關心社會、注重人生，但對人生的理解是粗淺的，有泛愛主義傾向。而1923年以後，人生派覺察到泛愛主義無助於社會矛盾的解決，於是開始注

重寫自己熟悉的並有感受的生活，從中選取有現實批判價值的內容，深化了現實主義的創作。

文學研究會代表的人生派在中國現代文學史上有很重要的位置。

第三章　鴛鴦蝴蝶派

　　在中國現代文學史上，鴛鴦蝴蝶派是資格最老的流派，同時又是擁有龐大作者隊伍和百餘種報刊雜誌的流派，源遠流長，影響很大。正是朱自清所指出的，它「是中國小說的正宗」（〈論嚴肅〉）。但自「五四」文學運動以來，在文學史上往往被看成是中國現代文學的逆流。這可能與「五四」時期曾經遭到新文學倡導者的批判有關。早在 1916年，李大釗在〈《晨鐘》之使命〉中就批評鴛派小說的色情描寫，認為「墮落於男女獸慾之鬼窟，而罔克自拔，柔靡豔麗，驅青年於婦人醇酒之中」。胡適、周作人、魯迅等人也撰文指出鴛派小說思想之低劣和形式之陳舊。接著文學研究會在所創辦的《文學旬刊》上，幾乎每期都要發表文章批判鴛派。西諦作〈新舊文學的調和〉，指出鴛派的《清閒鐘》、《禮拜六》「根本上就不知道什麼是文學」，已是「無可救藥」。茅盾也寫了許多文章，其中最突出的是〈自然主義與中國現代小說〉，解剖了鴛派小說在技術上的兩大錯誤，一是「記帳式」的敘述法，二是「不知道客觀的觀察，只知主觀的向壁虛造」，「滿紙是虛偽做作的氣味」。於是在建國後，大陸上寫文學史時，就理所當然地被戴上「逆流」的帽子，幾乎全盤否定。

　　然則鴛鴦蝴蝶派是什麼樣的流派泥？據現有資料，最早稱呼鴛鴦蝴蝶派的是周作人，他在 1918 年 4 月 19 日作的〈日本近三十年小說之發達〉演講中，談到中國文學流派時說「此外還有《玉梨魂》派的鴛鴦蝴蝶體」。而正式作為一個流派提出來指責的，是錢玄同〈「黑幕」書〉一文。其實鴛鴦蝴蝶派並沒有創作宣言，也沒有什麼嚴密的文學社團，這不過是以文學報刊雜誌為鈕帶，文學趣味相近的一群中國傳

統文人而已。如要說他們有什麼政治背景，其主要作家，包笑天、葉小鳳、朱鴛雛、劉鐵冷、蘇曼殊、陳蝶仙、周瘦鵑、徐枕亞、吳雙熱等人都是南社骨幹，大多具有漢族情結，反對滿清政府。他們從民族主義出發，反對帝國主義侵略，於是他們寫了許多「愛國小說」和「國難小說」。他們同時反對軍閥統治，認為軍閥政府是賣國政府，是中國始終不能強盛的政治根源。民族主義在他們那裏就是中國人的氣節，看得很重。鴛派作家大多是在科舉場上跌打摸爬多年的文人，歷史的變化使他們失去了考取功名的機會，但傳統道德觀念已經滲透於他們的言行之中，仁愛忠孝、誠信知報、修己獨慎，成了他們論人處世的基本標準。於是我們讀他們的小說，很容易發現，做壞事的人一定是道德敗壞者，做好事的人則一定是道德上的正人君子。因此有人說，鴛鴦蝴蝶派小說可以稱之為道德小說。

　　細究起來，鴛鴦蝴蝶派有狹義和廣義之分。所謂狹義的鴛鴦蝴蝶派，指的是專寫才子佳人小說的作者，如《玉梨魂》的作者徐枕亞、《冷紅日記》的作者吳綺綠等人。所謂廣義的鴛鴦蝴蝶派，指的是原有的寫才子佳人言情小說的作者和在《禮拜六》等刊物上寫消閒小說的作者。《禮拜六》上發表的不限於哀情小說，尚有社會、武俠、偵探、歷史、宮闈、黑幕、滑稽等類小說，題材十分廣泛。當時類似《禮拜六》的消閒刊物有《紅雜誌》、《半月》、《小說叢報》、《偵探世界》、《紅》、《紅玫瑰》、《消閒鐘》、《婦女畫報》、《滑稽畫報》、《笑雜誌》等五十多種，這些刊物都由鴛派主要人員主持。筆者同鄉嚴獨鶴先生當時除主編文藝副刊《快活林》外，還主持過《紅》、《紅玫瑰》，並參與《偵探世界》、《月亮》等刊物的編輯工作。由於《禮拜六》影響很大，所以人們把專寫消閒文學的作者統稱為「禮拜六派」，其實「禮拜六」派包括了狹義鴛派，它們之間只是題材內容的不同，其作者隊伍是相同的，文學主張是一致的，創作傾向基本上也一致。所以，有人把「禮拜六派」說成廣義的鴛鴦蝴蝶派。

　　鴛鴦蝴蝶派小說與晚清小說有著天然的聯繫。魯迅曾把清代小說分為「擬古派」、「諷刺派」、「人情派」、「俠義派」。鴛派小說與這四派小說都有割不斷的繼承關係。比如李涵秋的《廣陵潮》就近於譴責小說《官場現形記》，文字雖不洗練，但其主人公雲麟的戀愛故事，寫得有點像《紅樓夢》那樣細膩。鴛派的黑幕小說很受《留東外史》的影響。例如陳辟邪的《海外繽紛錄》是一部留學生的記錄，與《留東外史》相似。張恨水的小說《春明外史》雖不屬黑幕小說，但很明顯是受了《紅樓夢》與《二十年目睹之怪現狀》的影響。他的《金粉世家》更是穿了時代新裝的《紅樓夢》。總之，鴛派小說並非全部是陳腐的末流，我們可以說它是民間的廣大的通俗文學之作。其中有許多優秀作品。如張恨水的《春明外史》、嚴獨鶴的《月夜簫聲》基本上擯棄了因果報應，忠孝節義等傳統觀念，抨擊了社會黑暗和封建家庭專制，增添了較多的社會寫實成分，在藝術上也由傳奇與幻想逐步轉向寫真實錄，出現了萌芽狀態的悲劇藝術形象。到了 20 世紀 30 年代，一批鴛派作家的創作更有了新的發展，如劉雲若的《紅杏出牆記》、陳慎言的《恨海難填》、還珠樓主（李壽民）的《蜀山劍俠傳》、宮白羽的《十二金錢鏢》等作品都是比較優秀，受到群眾廣泛歡迎的。這裏特別要提的是張恨水的《啼笑因緣》，它的創新實際上已達到現實主義作品的水準，其中突出的有兩點，一是寫了社會壓迫，二是建立了人物中心。因此，小說所展示的悲劇是時代的悲劇，也是沈鳳喜等人的性格悲劇。這些變化說明了鴛派作家的價值取向的變化，將中國通俗小說提高到了一個新的境界。正由於鴛派作家不斷創新，才適應了市場的需求，即使在新文學倡導者的批評之後，不但沒有衰竭，反而走向了全面繁榮。

　　鴛鴦蝴蝶派的藝術特徵我們可以概括為「趣味性」和「消遣性」。在中國現代文學史上，鴛鴦蝴蝶派寫作的宗旨是遊戲與消遣，是為了茶餘酒後娛樂，這一主張具有一貫性。早在 1913 年，王鈍根、陳蝶仙主辦的《遊戲雜誌》序言中就主張「不世之勳，一遊戲之事也；萬國

來朝，一遊戲之場也」；「故作者以遊戲之手段，作此雜誌，讀者亦宜以遊戲之眼光，讀此雜誌。」1914 年，徐枕亞主編《小說叢報》，以及鈍根、劍秋主編的《禮拜六》，都是以追求趣味與消遣為文學宗旨。即使該派最有成就的張恨水，在《金粉世家》的序言中也說：「讀者諸公於其工作完畢，茶餘酒後或甚感無聊，或偶然興至，略取一讀，藉消磨其片刻之時光，而吾書所言，或又不至於陷讀者於不義，是亦足矣。」小說的趣味性，過去我們曾把它斥之為迎合剝削階級的需要。其實這是片面的。朱自清在〈論嚴肅〉一文中說，在中國文學的傳統裏，小說和詞曲就是消遣的、不嚴肅的。因此他說：「鴛鴦蝴蝶派的小說意在供人們茶餘酒後的消遣，倒是中國小說的正宗。」中國小說一向以「志怪」、「傳奇」為主。明朝人編的《三言二拍》，雖然重在「勸俗」，但是還是先得使人驚奇，才能收到「勸俗」的效果。所以後人從《三言二拍》裏選出若干篇編就的《今古奇觀》，還是歸到「奇」上。而這個「奇」正是供人茶餘酒後消遣的。這裏，朱自清把鴛派文學與詞曲和古典小說放在一起，指出作為文學藝術的基本特徵之一，是以「奇」和「怪」的趣味性供人們消遣的。而這種供人消遣的藝術功能正是中國傳統文學的「正宗」。這是對鴛派小說的藝術優勢的充分肯定。魯迅也曾肯定過文學的趣味性。魯迅認為講故事是小說的起源，而講故事又是以消遣閒暇為目的。魯迅說：「說到『趣味』那是現在確已算一種罪名了，但無論人類底也罷，階級底也罷，我還是希望總有一日弛禁，講文藝不必定要『沒趣味』。」（《奔流》第 1 卷第 5 期編校後記）

鴛派作品的趣味性具體表現在什麼地方呢？首先是題材內容的新聞性、祕聞性、傳奇性，以便投合市民讀者的欣賞趣味。比如宦海浮沉的官場祕聞，鉅賈富紳的巧取豪奪，姨太太、闊少爺的情場角逐，名流明星的桃色糾紛，市民男女的家庭風波，所有這些都令樂天知命的小市民感到濃厚的興趣。第二，鴛派小說常見的形式是採用章回體和舊筆記體裁的結構方式，按照人物出場先後和事件發展的時空順序

來敘述一個有頭有尾的故事。作者很注意情節的曲折性、離奇性和戲劇性。作者巧設懸念，情節常有起伏和意外。他們善於吸收古典小說的豐富經驗，肯在技巧上動腦筋，起到引人入勝的效果。第三，人物形象一般比較類型化、臉譜化。人物塑造往往採取美醜、好壞的對比方法，有貪官必有廉吏，有風流才子必有薄命佳人，有流氓惡棍必有俠客義士，如此相互對照，忠奸善惡分明，符合中國人的心理特徵。第四，思想主題比較淺顯明瞭，所包含的愛國性和民主性與迎合時尚的媚俗性結合在一起，使一些比較優秀的鴛派小說受到了多階層讀者的歡迎。第五，語言的通俗性。鴛派小說初期的作品用四六駢文，賣弄詞章文字。「五四」以後，逐漸改為白話寫作，由於他們注重借鑒古典白話小說的白描手法，注意通俗民間語言的運用，因此適應廣大市民讀者的口味。除了上述五點之外，這裏需要指出的是，他們不少作者往往把題材的嚴肅性醬在無聊的糾紛和油腔滑調之中，沒有明確的美學追求，也沒有俯視歷史、探究社會人生，於是缺乏時代使命感。這可能是鴛鴦蝴蝶派最突出的缺點。

第四章　浪漫派

　　中國現代文學史上稱為「藝術派」的是指那些主張「為藝術而藝術」的團體和流派，有創造社、淺草社、沉鐘社和彌灑社。其中創造社主張浪漫主義，是「五四」以來影響很大的一個文學團體，故在文學史上也稱「浪漫派」。本文主要談創造社，所以題為「浪漫派」。

　　創造社成立於 1921 年 6 月，由在日本的郭沫若、郁達夫、田漢、成仿吾、鄭伯奇、張資平等人組成。它的宗旨正如郭沫若所說：「我們是最厭惡團體之組織的：因為一個團體便是一種暴力，依恃人多勢眾可以無怪不作。」；「我們這個小社，並沒有固定的組織，我們沒有章程，沒有機關，也沒有劃一的主義，我們是由幾個朋友隨意合攏來的。我們的主義，我們的思想，並不相同，也並不必強求相同。我們所同的，只是本著我們內心的要求，從事於文藝的活動罷了。」（〈編輯餘談〉）。這裏的「內心的要求」意味著當時他們不受客觀世界任何條件的束縛，他們所要建立的是一個自由率真、表現自己的感情，不帶任何黨派性功利色彩的純粹的文藝社團。

　　創造社的主要詩學主張是「自我表現」。這種主張明顯地受了西方浪漫主義美學和思潮的影響。郭沫若在日本留學期間，就是以海涅作嚮導、歌德作源泉的。他曾讚譽道：「扛舉德意志文藝勃興之職命於兩肩的青年歌德，有如朝日初升，光熊熊而氣沸沸，高唱決勝之歌，以趨循其天定的軌轍。『歌德以前無文藝』的德意志，隨之一躍而成為歐羅巴十八世紀的寵兒。」（《少年維特之煩惱》序引）。郭沫若還崇拜自然、尊重自我、提倡反抗，因而也接受雪萊、惠特曼、泰戈爾的影響。他還接受荷蘭哲學家斯賓諾莎的泛神論影響。田漢早在 1920 年 2 月，

於〈詩人與勞動問題〉一文中，就系統地介紹歌德、華茲華斯、彌爾頓、雪萊、勃朗寧、柯勒律治等浪漫主義詩人對文學本質的理解。在闡述詩歌主張時，他引用了華茲華斯的權威定義，即「詩是強烈情感的自然流露」，並且由此進一步發揮說「詩歌者是托外形表現於音律的一種情感文學！是自己內部生命與宇宙意志接觸時一種音樂的表現」，他認為「詩歌代表人類感情的活動」。宗白華也認為詩歌是「表寫人底情緒中的意境」；「詩的『形』就是詩中的音節和詞句的構造，詩中的『質』就是詩人的感想情緒」（〈新詩略談〉）。他們都主張人的主觀精神活動作為詩歌創造的原動力。不過真正標誌著創造社浪漫主義詩學的形成，是 1920 年 5 月《三葉集》的出版。它集中表現了郭沫若、宗白華、田漢的詩歌美學觀。《三葉集》中貫穿的一個詩歌基本主張就是「自我表現」。郭沫若說：「我們的詩只要是我們心中的詩意詩境底純真表現，命泉中流出來的 strain（音樂），心琴上彈出來的 melody（旋律），生底顫動，靈的喊叫，那便是真詩好詩，便是我們人類底歡樂底源泉，陶醉底美釀，慰安底天國。」（《三葉集》）。在這裏，現實客觀性是微不足道的，主觀情緒是唯一的要素。於是郭沫若認為寫詩是無目的的，詩人寫出一篇詩，「如一陣春風吹過池面所生的微波，應該說沒有所謂目的」（〈文藝之社會的使命〉）。創造社其他的成員都表示過相似的觀點。

創造社強調「自我表現」，在形式上衝破了嚴謹整飭的中國傳統詩學法則，適應了當時詩體大解放的潮流。郭沫若他們對新詩形式的看法主要傾向於「自然流露」，反對「矯揉造作」，認為舊詩體機械單一的形式限制了內容的充分表達、束縛了真情實感的流瀉。在他們看來，詩的生命不在於押韻，而在於內容與形式「自然流露」的默契與和諧。他們要的是「絕端的自由，絕端的自主」，推崇不定形、不押韻，只要把自己的主客觀事物自然真實地寫出來就好了。這是自由詩體形式。這種形式的藝術個性不僅構成了浪漫詩派與其他流派詩歌的區別，而且在一定程度上體現了現代文學藝術上的一種現代意識，力圖從形式

中徹底解放出來，具有前衛性。郭沫若的自由體詩集《女神》就是打破了中國古詩的藩籬和束縛，它沒有固定的格律和模式，完全服從於詩人自我感情的自然流露或奔瀉。《女神》一方面吸收了惠特曼的那種奔騰不羈、一瀉千里的渾然氣勢和不拘形式、自由奔放的風格，另一方面又從中國古典詩歌中吸取了一些生動活潑的成分，形成新詩史上一種獨特的「女神」風格。

　　創造社浪漫主義詩歌的興盛，其意義是重大的。要知道，「五四」時期的白話詩雖然基本上立住了陣腳，但由於詩的基本要素，例如情感、想像都沒有得到應有的強調，導致了「非詩」現象的出現和泛理性化的氾濫。白話詩面臨著嚴重的危機。在這種情況下，郭沫若他們把詩的抒情性本質及詩的個性化特徵提到了首要位置，強調了人的感情、想像和靈感的作用。這顯然是尊重了詩自身的藝術規律，並且進一步解放了詩的形式，標誌著一種新的詩歌美學原則的誕生和崛起。「五四」時期的白話詩派的平實詩風受到了挑戰，促進了新詩的發展。於是有人稱《三葉集》是中國現代浪漫主義詩學的奠基之作。

　　創造社的小說創作同樣體現了「自我表現」的特點。郁達夫的小說是個典型的例子。郁達夫著重運用抒情的筆調刻畫自我形象，表現內心的體驗和感受，形成了一種富有個性的藝術形式。在小說的結構問題上，郁達夫追求一種「單純化」的美。他說：「高明的作家，是在他能把複雜的事件，化作單純，把不必要的地方，一律刪去。」（〈小說論〉）。因此，郁達夫的小說一般只寫一個主人公、敘述一件事情，也不著力製造戲劇性場面和複雜人物的外在衝突，而是努力描摹人物的心理矛盾和情緒起伏，表現人物內在的自我體驗。於是他的小說趨向於散文化，具有自由不拘的特點，與郭沫若的自由詩體相照應。比如他的〈蔦蘿行〉運用書信體，無論表情敘事都盡訴心曲，達到娓娓動聽的效果。作品寫送別妻子、人去樓空的惆悵，回憶兩年生活的辛酸坎坷，夫妻之間的隔膜以及自己在外受的委屈和悔恨，真可謂縱橫捭闔、行雲流水、隨心所欲。然這種隨心所欲又達到了理絲有序、層

次分明的境界。又如〈空虛〉用主人公自己寫的一段話作為開頭，最後又以這段話作結，中間插敘主人公的往事；既無野心和希望，又不堪回首和耽於幻想；既無生的趣味，又無死的勇氣，緊扣「空虛」這一主題，讀起來似覺有枝蔓，實際上一氣呵成。當然這種「自我表現」的單線結構的長處是明晰的，然欲以此來表現複雜人生，究竟覺得太簡單。郁達夫小說的散文化特點，並不是一般的敘事散文，而是如散文詩般有濃郁的詩意。他不借助小說的曲折情節，而傾心於詩情畫意的追求。其實質是情緒的直寫，小說是表達情緒的素材的再現，郁達夫小說雖然沒有郭沫若詩歌那種奔放和宏大，但他的青煙繚繞、清麗雋逸的風格，同樣屬於主觀抒情的藝術範疇。比如〈沉淪〉的淒切寂寞，〈青煙〉的撲朔迷離，〈過劫〉的恍然若夢，〈遲桂花〉的濃豔清新，〈離散之前〉的蕭索悲淒，都充滿了濃郁情感的詩情。

創造社的「自我表現」適應了「五四」時期社會大變革的趨勢。「五四」時期人的主體性得到空前強調和高揚，個性解放、人格獨立成為時代的呼聲，浪漫主義氣氛非常濃烈。創造社成員崇敬浪漫精神，火山爆發式的情感、雄渾豪放的音調正是當時騷動的社會審美心理的反映，或者說，符合了當時社會審美心理的需求。他們先在上海出版叢書，後來又辦起了《創造季刊》、《創造週報》、《創造日》、《洪水》、《創造月刊》等，高舉浪漫主義旗幟，創作成果非常豐厚。除了郭沫若的詩和郁達夫的小說，鄧均吾、鄭伯奇、倪貽德、洪為法、穆木天、王獨清等人的作品都具有浪漫主義色彩。在創造社的影響下，當時《彌灑》、《淺草》也發表了許多富有浪漫主義氣息的作品。由於藝術風格的近似，相互帶動、影響，很快形成了聲勢浩大的浪漫主義思潮。創造社提倡的浪漫主義本質上就是理想主義，立足於當時中國的歷史現實，呼喚民主、追求理想，因此產生的是一種迸發於現實的浪漫風格，激盪的是強烈的愛國情懷。他們目睹嚴酷的現實，爭取自由解放的願望特別強烈，於是特別強調「時代的使命」意識。

　　1927 年以後，創造社進入了後期。在中國文壇上，這個高唱「自我表現」的浪漫派首先實現了戲劇性的思想轉變。他們從自我肯定轉變為自我否定，從誇大藝術的個性力量轉變為僅視藝術為宣傳工具，從返回自然轉變為積極的社會改造。這種轉變的根本原因是現實的殘酷鬥爭，迫使這些富有時代使命感的知識份子不能沉浸在自我表現之中。他們認識到了血淋淋的現實需要他們參加革命。郭沫若在 1924 年宣稱自己是「馬克思主義的信徒」，並發表了一系列文章，通過所謂的反思前期創造社的文藝觀點，全盤否定了自己原先的文藝見解。尤其是他的〈革命與文學〉一文，正式舉起了「革命文學」的旗幟。從創作方法來看，他們也從浪漫主義轉向現實主義，但這種轉變在藝術上並不成功。以郭沫若為例，他性格外向，熱情奔放，是個偏向於主觀抒情的的詩人。他善於抒發自己的激情，不善於對客觀現實做出精確的描繪。因此，浪漫主義創作方法更加適合於他的藝術個性。但他發表文章，把浪漫主義不無偏頗地說成是「反革命文學」，並且自己也試用寫實主義方法來創作，結果其詩集《恢復》離開了自己的藝術個性而成為失敗之作。此時郁達夫已退出創造社，郭沫若不久也去了日本。創造社的其他成員如馮乃超、李初梨、成仿吾等人辦起了《文化批判》和《現代小說》，與太陽社一起提倡「革命文學」，發表的也主要是理論文章，創作不多，影響也不大。1929 年 2 月，創造社被當局查封，從此不再活動，然它的文學史價值是巨大的。

第五章　小詩派

　　小詩是一種即興性的哲理新詩，短的只有一行，一般三、四、五行，它偏重於寓理，也用以敘事、抒情和寫景。由於篇幅短小，容量有限，不可能表達繁複的感情，通常只是抒寫點滴的感想、零碎的閃念和片斷的感悟，似片雲小花，微風細雨，給人以微妙的激發。格律上自由，可以押韻，也可以無韻，詩行可以整齊，也可以參差。這種「真實簡練」的小詩，「五四」時期就有，伴隨白話詩一同誕生。胡適、周作人、俞平伯等人都寫過小詩。不過那時小詩的聲音很微弱，不成氣候。然到了 1921 年，詩人們不約而同地寫起小詩來了，形成了一種比較廣泛的小詩運動。於是有的文學史家稱它為「小詩運動」。小詩運動跨越了文學社團和文學流派。文學研究會的冰心、朱自清、郭紹虞、徐玉諾、王統照、周作人、鄭振鐸、劉大白都寫小詩。創造社的郭沫若、鄧均吾也寫過小詩。湖畔詩社的汪靜之、馮雪峰、潘漠華、應修人，此外還有宗白華、康白情、吳雨銘、何植三等都是小詩作者。1922年《詩》月刊出版時，正是小詩鼎盛時期，發表的全部作品中，小詩約佔了一半以上，從第 1 卷 4 號起，還闢了小詩專欄，數量之豐，可謂空前。周作人還翻譯日本俗歌小詩，石川啄木的短歌以及《法國的俳諧詩》，為小詩創作提供了借鑒。該刊還登載雲菱、朱自清關於小詩的評論，總結小詩的美學規範。鄭振鐸翻譯出版泰戈爾的《飛鳥集》、《新月集》，更是對小詩創作起了推波助瀾的作用。於是小詩在當時成了「風靡一時的詩歌體裁」，「新詩壇上的寵兒」（任鈞：〈新詩話〉）。冰心的《繁星》、《春水》，宗白華的《流雲》是小詩的精品。吳雨銘的《烈火集》、何植三的《農家的草紫》、梁宗岱的《晚禱》、徐玉諾的《將

來之花園》、王統照的《童心》、劉大白的《舊夢》、朱自清的《蹤跡》
以及湖畔詩社的《湖畔》、《春的歌集》，汪靜之的《蕙的風》等都是小
詩運動的收穫。當時《彌灑》上也集中發表小詩。在小詩運動中成績
最好、影響最大的要算冰心和宗白華，在愛情小詩上要算「湖畔」詩
人，特別是汪靜之。是他們把小詩創作推向高潮，奠定了中國新詩這
種獨特形式的藝術基礎。

　　小詩之盛行，既是時代生活的反映，也是新詩本身發展的結果。「五
四」高潮期，洪鐘般的巨響與沉重嘆息固然是詩壇上的主流，但「五
四」退潮以後，由於社會黑暗，軍閥混戰，經濟凋敝，民不聊生，許
多知識份子不同程度地陷入了苦悶與彷徨。他們悲傷孤寂的情懷，需
要尋找寄託。小詩的形式自由，便於抒發浮現心頭的剎那的思想感受，
三言兩語，便於道出某種哲理、某種景致。正如周作人所說：「如果我
們『懷著愛惜這在忙碌的生活之中浮到心頭又復隨即消失的剎那的感
覺之心』，想將他表現出來，那麼數行的小詩便是最好的工具了。」（〈論
小詩〉）當然小詩的出現與當時白話詩的缺陷也有關。早期白話詩缺少
「餘香和回味」，有散文化的非詩流弊，人們覺得詩壇應該有一種短小
簡練、富有詩味的詩體來彌補詩壇的不足。何況中國詩有熱衷於捕捉
一個景色、一種情緒、一種境界的古典短詩藝術的傳統，《詩經》裏的
疊句、唐代的絕句以及後來詞中的小令，都證實了小詩的「古已有之」。
因而，小詩的文體優勢能夠普遍滿足人們抒情言志的某種需要，能夠
適應人們的某種審美心理。小詩作者大多有著豐厚的古典詩詞修養。
宗白華說他寫小詩、短詩，是受了唐人絕句的影響。冰心自幼喜愛對
聯、春聯、聯句、集句這類變形的古典詩。在她的小詩中，不難發現
她對對聯寫作方式的借鑒。

　　當然，小詩的發展與中外文化的交融分不開。中國文學革命深受
歐美文學的影響，然小詩的興起是個例外，它的重要影響卻來源於東
方印度與日本。特別是印度泰戈爾的小詩，曾使中國讀者傾到。早在
1915 年，陳獨秀就翻譯過泰戈爾的小詩〈讚歌〉，發表在《新青年》

第 1 卷第 2 號上。1918 年第 5 卷第 2 期上,劉半農用白話翻譯了泰戈爾的小詩兩章,顯示他在詩形式上作的探索。1920 年《少年中國》第 7、8 期連續出版「詩學專號」,黃仲蘇翻譯泰戈爾《園丁集》十七首,又撰寫《泰戈爾傳》。1923 年,為迎接泰戈爾訪華,《小說月報》第 14 卷第 9、10 期連續出版「泰戈爾號」,鄭振鐸、王統照、徐調孚、徐志摩等都撰文介紹泰戈爾生平、思想及其詩歌、藝術、宗教觀,並刊發了泰爾戈《新月集》、《園丁集》、《採果集》的選譯,形成了一股泰戈爾熱。因之泰戈爾式的小詩和自由詩同時成為「新詩運動最早的幾年中最流行的詩。」(梁實秋《新詩的格律及其他》)泰戈爾的詩,特別是他的《飛鳥集》,基本上是一至四行的小詩,主要抒發對大自然的熱愛,暗示和寄寓某種人生哲理。泰戈爾本人是詩人又是哲學家,他的詩既有深邃的哲理,又有鮮明的形象。尤其他的泛神論和人道主義思想,同「五四」時期中國知識份子的思想有共通之處。當時新詩界對泰戈爾及其作品開展的廣泛宣傳,為小詩的創作提供了學習的楷模。正如鄭振鐸所說,「近來小詩十分發達,它們的作者大半都是直接或間接接受泰戈爾此集的影響的」(《飛鳥集・序》)。同時,周作人對日本短歌和俳句的介紹也給小詩創作產生了很大影響。日本的俳句在形式上要求很嚴格,如按日本小詩格律去做,漢語很難保持原有形式。因此,周作人翻譯是神似而不完全形似,朱自清說他的翻譯「實在是創作」。周作人 1921 年在《小說月報》第 12 卷第 5 號上發表〈日本的詩歌〉,首次介紹日本叫俳句的小詩。其後又發表了〈日本詩人一茶的詩〉、〈日本俗歌四十首〉、〈石川啄木的短詩〉和〈談小詩〉等文章,系統地向中國讀者介紹了小詩形式的由來,論述了俳句的藝術特點。他在借鑒的基礎上,發表了對小詩的見解,對風行一時的小詩創作進一步起推動作用。不過中國新詩界當時因為「詩體大解放」,已不拘音節了,只取其神似,不學其形似,所追求的是日本俳句的輕妙情趣,使小詩趨於自由靈活。小詩的風行時間並不很長。「五卅運動」後,在現實鬥爭的推動下,許多知識份子從彷徨苦悶走向實際鬥爭。泰戈爾

的哲學已不適應當時社會的需求了，而一種新的革命詩歌已在孕育。因此小詩派手裏婉轉的琴弦難以奏出高亢的強音。況且當時小詩的大量湧現，未免泥沙俱下，良莠不齊，呈現出題材狹窄、內容貧乏、形式單調的缺點，促使小詩走向衰落。

　　小詩的藝術特點，充分表現在「冰心體」的特徵上。冰心小詩的創作深受泰戈爾的影響。她在《冰心全集・自序》中說：「我寫《繁星》，正如跋言中所說，因著看泰戈爾的《飛鳥集》，而仿用他的形式，來收集我零碎的思想。」但冰心並不是對泰戈爾小詩的生吞活剝，而是在熟諳泰戈爾詩歌的神韻的基礎上，結合中國新詩和漢語特點進行新的創造。這種創造形成了中國現代新詩史上的「冰心體」，或被人稱為「繁星格」、「春水體」。其主要特徵有如下幾方面：首先是哲理性。冰心的《繁星》和《春水》兩部詩集的主題是愛的哲學，母愛、人類之愛、大自然之愛及童心。這些小詩採用抒情與哲理相結合形式，既隱含著意象本身的美感，又暗藏著哲理的睿智，可說是情智兼備的詩之奇葩。如《繁星・五五》：

> 成功的花，
> 人們只驚慕她現時的明豔！
> 然而當初她的芽兒，
> 浸透了奮鬥的淚泉，
> 灑遍了犧牲的血雨。

人們習見花朵舒瓣綻放時搖曳多姿的風采，卻沒有領悟到它抽芽成長乃至綻出鮮豔花朵時的艱辛。冰心通過這一藝術形象，生動地闡發不付出「奮鬥」、「犧牲」代價，無法取得事業「成功」的真理。像這類小詩既使讀者獲得美感，又在思想上得到啟迪，展現在人們面前的不是現成的結論，而是把情理寓於形象之中。冰心這些珠圓玉潤的小詩，做到了「一沙一世界，一花一天國」，顯示出她深邃智慧和非凡藝術技巧。像這樣的小詩很多，例《春水・十六》「心啊！／什麼時候值得煩

亂呢？／為著宇宙／為著眾生。」這裏找到了愛的哲學。宇宙是眾生的宇宙，這種平等、博愛精神，就是愛的哲學的精華。這些小詩，像永含不化的口香糖，令人回味無窮，從中得到的是經驗，是教訓，是社會、人生、世界、自然的哲學箴言。

其次是構思精巧。冰心小詩既吸取了泰戈爾小詩之長，又融入了中國古典詩詞的意境和修辭，形成了精巧的構思。她的小詩形象性、抒情性和哲理性總是精巧地融合在一起，具有一種飄渺的玄想、恬靜的意境，給讀者以無窮的遐想和含蓄的餘味。如《春水‧一五九》：「憑欄久／涼風漸生／何處是天家？／真要乘風歸去！／看──／清冷的月／已化作一片光雲／輕輕的飛在海濤上。」她精巧的構思還表現在形式的活潑多樣上。或獨白、或傾訴、或感嘆、或敘述、或描寫，都能得心應手地表現自己的情思。同時，她不大重視押韻，只注意內在感情節奏，音節柔曼，聲調委婉，讓人感到舒適、溫暖的人情味。

再次是語言美麗。冰心小詩語言的謹嚴美麗是由於她謳歌母愛、自然，嚮往真、善、美所致。她多用富於溫情色彩的字眼和描寫柔美的景物，就是為了表達她的情思。如《繁星‧一》：「繁星閃爍著─／深藍的太空／何曾聽得見它們對話？／沉默中／微光裏／它們深深的互相頌贊了。」全詩短短六行中就有「繁星」、「閃爍」、「深藍」、「太空」、「沉默」、「微光」等詞語，顯示出美麗清淡、簡練智慧的語言風格，營造了一種充滿溫情柔美的語境。於是梁實秋也不得不承認《繁星》、《春水》在藝術上最大的特點「便是詩的字句的美麗」。然而冰心的語言又是很謹嚴的。所謂謹嚴，就是指她的語言既有「西文」文法的嚴整，又有「古文」的含蓄。如《繁星‧一五〇》：「獨坐─／山下濕雲起了／更隔院斷續的清磬／這樣黃昏／這般微雨／只做就些兒惆悵！」這首詩顯然揉進了古人的詞意，它的文法雖然是現代的，但卻借用了許多古文辭彙。冰心的許多小詩正是依靠這種中西合璧、古今融合的語言而獲得藝術意味的，既不乏現代感又充滿古典情調。無怪

乎梁實秋要感嘆其詞法「是盡善盡美，無可非議」了。(《繁星》與《春水》)

小詩派中「湖畔」詩人的成績也相當引人矚目。湖畔詩社於 1922 年成立。最初只有四個人，潘漠華、馮雪峰、汪靜之和應修人，其後魏金枝、謝旦如也加入詩社。他們先後出版詩歌合集《湖畔》和《春的歌集》，汪靜之出版了《蕙的風》、《寂寞的國》，謝旦如出版了《苜蓿花》，他們還刊行過小型文學月刊《支那二月》。湖畔詩社沒有宣言、社章，但他們的思想和美學傾向比較接近。他們抒寫自然、歌頌母愛、讚美友情，更多的是謳歌愛情。他們的詩作帶有青春期熱情蓬勃的朝氣，不同於當時一些表現苦悶、彷徨、悲哀的詩作。正如朱自清在《蕙的風·序》裏所說：「所詠歌的只是質直、單純的戀愛，而非纏綿、委屈戀愛，這才是孩子潔白的心聲，坦率的少年氣度！而表現法底簡單、明瞭，少宏深，幽渺之致，也正顯出作者的本色。」他談的雖然是汪靜之的情詩，其實也概括了「湖畔」詩派愛情詩的整體特色。

「湖畔」詩人都以小詩見長。他們敢於衝破封建倫理道德的羅網，大膽而率真地表現青年愛的慾望。例如〈過伊門外〉：

> 我冒著人們的指摘，
>
> 一步一回頭地瞟我意中人；
>
> 我怎樣欣慰而膽寒呵。

短短三行，揭示出當時青年特有的愛情心理。在封建禮教的壓抑下，「我」對朝朝暮暮思念的意中人，只敢斜眼「一步一回頭地瞟」，既欣慰愛有所寄託，又怕人指摘，喜懼交集。這種詩令人耳目一新，情感自然流露，天真而清新，是天籟，不是硬做出來的。「湖畔」愛情小詩的感情容量很大。如〈謝絕〉：「伊的情絲和我的／織成快樂的幕了／把它當遮欄／謝絕人間的苦惱。」如此精練而真切描寫愛情給人的歡樂，把抽象的情感化為具體新穎的形象，篇幅雖小，內涵卻是豐富。馮雪峰的〈山裏的小詩〉：「鳥兒出山去的時候／我以一片花瓣放

在它的嘴裏／告訴那位在谷口的女郎／說山裏的花已開了。」借鳥傳花，表達對山谷女郎的愛慕，含蓄而富有韻味。應修人的〈偷寄〉：「行行是情流，字字心／偷寄給西鄰／不管嬌羞緊／不管沒有回音──／讀一讀我的信。」在五行詩裏，把青年人羞澀癡迷的情態刻畫盡致，感情的絲縷卻如此婉曲，真屬不易。他們大膽放情地謳歌愛情，縷縷幽情餘韻，在讀者心靈裏激起的波紋，顯然有別於那些引人思索的哲理小詩。在詩的形式上，他們受舊詩詞的影響比冰心要薄弱。他們認為「情思是無限止的，自由的。形式上如多一種限定，則就給他以摧殘了。」(《應修人致漠華書簡》)他們拋棄舊詩的一切規矩準繩，深受「詩體大解放」的影響，怪不得胡適稱「他們的解放更徹底」(《蕙的風‧序》)。不過「湖畔」詩人在形式上受日本俳句和歌的影響較深。如汪靜之的〈芭蕉姑娘〉：「芭蕉姑娘呀！／夏夜在此納涼的那人兒呢？」詩人沒有渲染燃燒著的相思之情，只用一句問話，把一時的想念與失望之情表現出來。相思之急切盡在不言中，堪稱小詩的精品。

　　小詩派存在的時間並不算長，三、四年時間，但小詩在中國現代詩史上，卻具有不可替代的審美價值。

第六章　鄉土文學派

　　中國現代文學發生初期，相繼出現三大小說流派，即文學研究會的人生派、創造社的浪漫派和鄉土文學派。我們已把人生派和浪漫派分別做了介紹，現在我們來介紹鄉土文學派。

　　根據多數文學史家的意見，所謂鄉土文學派是指 1923 年前後，一些青年作家在魯迅的影響下創作的一批鄉土題材小說，分別發表在《晨報副刊》、《京報副刊》、《語絲》、《莽原》、《未名》和上海的《小說月報》上，這些作品被認為是鄉土文學。而主要作者有魯彥、王任叔、廢名、許欽文、蹇先艾、臺靜農、黎錦明、許傑、彭家煌等。由於這些作家分別屬於文學研究會、語絲社和未名社，並非同一文學團體的成員，也缺乏一個專門發表他們作品的堅實陣地，因此有學者只承認他們的作品是鄉土文學，而不承認他們構成了一個流派。但我們談流派主要是注意風格上的鑒別，流派只是一種文學史現象，它並不一定要依託一個社團。於是出現在上世紀 20 年代初的鄉土文學現象，我同意多數學者的意見，把這個作家群當作一個流派來看待。

　　關於「鄉土文學」的概念，最早提出來的人可能是張定璜。他在 1925 年《現代評論》第 8 期上發表的〈魯迅先生〉一文中說，魯迅的作品「滿熏著中國的土氣，他可以說是跟著我們唯一的鄉土文學家。」然僅以「中國的土氣」來涵蓋鄉土文學似乎簡單了些。而較具體涉及「鄉土文學」概念的是 1935 年魯迅在《中國新文學大系小說二集·導言》中說的：「蹇先艾敘述過貴州，裴文中關心著榆關，凡在北京用筆寫出他的胸臆來的人們，無論他自稱為用主觀或客觀，其實往往是鄉土文學，從北京這方面說，則是僑寓文學的作者。但這又非如勃蘭兌

斯所說的『僑民文學』，僑寓的只是作者自己，卻不是這作者寫的文章，因此也只見隱現著鄉愁，很難有異域情調來開拓讀者的心胸，或者炫耀他的眼界。許欽文自名他的第一本短篇小說集為《故鄉》，也就是在不知不覺中自招為鄉土文學的作者，不過在還未開手來寫鄉土文學之前，他卻已被故鄉所放逐，生活驅逐他到異地去了。」從魯迅這一段話來體味，鄉土文學應該包括如下的幾個特點：一、作者常是為生活所迫，僑寓他鄉；二、所寫的內容則是家鄉的風土人情；三、隱現著鄉愁。其重點是放在頗有悲劇感的鄉愁上。而茅盾在 1928 年〈小說研究 ABC〉及 1936 年〈關於鄉土文學〉的文章中，卻把鄉土文學特徵的重點放在「地方色彩」上。雖然魯迅與茅盾的說法側重點不同，但是仔細想一想，魯迅指的是前十年的新文學，而茅盾指的是後十年的文學，因此二者的側重點略有差異也不足為怪。其實，我們可以從廣義和狹義兩方面來理解鄉土文學。狹義的鄉土文學，特指新文學第一個十年內出現的一種文學現象。它具有鄉土文學的一般特徵，但更有作為一種獨特文學現象的豐富內涵和獨特個性。廣義的鄉土文學，泛指古今中外一切以故鄉農村生活為題材、著力於風土人情的描繪、有濃郁地方色彩的文學作品。今天我所講的鄉土文學是從狹義上來理解，故主要講新文學前十年的鄉土文學。

魯迅是中國鄉土小說的開創者和奠基人。魯迅寫於「五四」前後的一些小說，如〈孔乙己〉、〈風波〉、〈故鄉〉等都是「鄉土小說」。這些小說還直接影響了當時的鄉土小說家。許欽文自述：「我的形成現實主義作風，多半原因是因為受了魯迅先生的影響。」（〈在魯迅先生責罵的時候〉）蹇先艾也說：「我寫短篇小說，一開始就受魯迅先生的作品很大的影響」，是「師承」魯迅的（《蹇先艾短篇小說選·後記》）。甚至後起的沈從文也說：「由於魯迅先生起始以鄉村回憶做題材的小說」，「我的用筆，因之獲得不少的勇氣和信心」（《小說集·題記》）。這些鄉土作家大都是出身於中小城鎮或鄉村，被生活放逐到大都市的「流寓者」，他們都目睹過農村的現實，一般都有很深的感受。因此，

他們一旦從事創作，便從魯迅回憶故鄉的描寫中得到啟發，去寫他們熟悉的鄉村生活，寫出他們的「鄉愁」。誠然，鄉土小說的形成和發展，還有一個重要原因，就是當時新文學的創作形勢。我們知道新文學初期出現過所謂「問題小說」。就是作家從瑣屑的生活描寫中往往提出一個哲學命題，然後生化開來，帶有嚴重的概念化傾向。1922 年，當時文壇上展開了一場關於「自然主義」的討論。這場討論表現出來的就是對問題小說那種主觀性和理性，導致寫實主義流於空泛的缺點之不滿。正是在這場討論之後，鄉土派作品開始陸續問世。1923 年前後，文壇上還進行過理論探討，強調以「地方色彩」和「民族特色」來改變過去新文學過分歐化的缺點。周作人當時直接在理論上提倡「鄉土藝術」。他的〈地方與文藝〉、〈《舊夢》序〉等文章，幾乎就是鄉土文學理論上的先導，認為新興文藝必須要「把土氣息泥滋味透過了他的脈搏，表現在文字上」。因此，我們雖然說鄉土文學派是以風格相似形成的一個流派，確實沒有具體鮮明的理論主張，但它並不缺乏理論的依託，「五四」新文學寫實主義理論的深化，其直接的成果就是形成了鄉土文學。

　　鄉土文學流派的特徵，概括起來有如下幾個方面。第一，對鄉土現實的反思，作者大都是苦於謀生的中下層知識青年，他們遠離本鄉，僑寓大都市，經受「五四」民主主義思潮的洗禮，必然引起對自己生活過的偏僻落後的故鄉現實生活的反思，於是他們的作品有著強烈的文明與野蠻、科學與迷信、民主與專制、變革與保守的明顯感受，他們力圖以細緻真實的筆觸，描繪農民的悲劇命運，以求引起療救的注意。他們對農村封建宗法社會進行反思和批判，與早期人生派的作品是不同的。早期人生派雖然有為人生和改造人生的自覺願望，但由於他們生活根底淺，加上那種近乎幻想的「愛」與「美」的抽象哲理，所以他們的作品雖閃爍著作者的智慧光芒，基本情節卻由於杜撰而缺乏感人的深度。而鄉土文學派的作品所描寫的鄉土生活都是作者自身親受過的，他們能生動而細緻地描繪農村生活習俗，無需借助空泛的

議論和直接抒情來表達。鄉土小說的題材大致來自農村經濟的衰敗、封建勢力的猖獗，農民橫遭欺壓而無處伸冤。例如潘漠華的《鄉心》，描寫木匠阿貴脫離土地、流入城市，即使拼命找活幹，仍難以填飽肚皮。王任叔的《疲憊者》的主人公遠秋的命運比阿貴更慘，他衣衫襤褸，棲居祠堂，被雇背大樹而壓彎了腰，弄得常以青草葉充饑，最後橫禍飛來，被財主誣告偷錢，蹲了一年多大獄，出獄後只能靠乞討為生。賽先艾的《水葬》描寫農民駱毛慘受水葬酷刑的悲劇。駱毛原本是一個勞動者，因生計所迫，偷了鄉紳家的一點東西，結果被當作小偷，處以水葬的酷刑，而周圍的群眾卻麻木不仁，只是擁擠著看熱鬧。在上述作品中，我們感受到僑寓者的作家清醒的民主主義思想意識，這一點贏得了讀者的深深同情和憤慨。隨後王魯彥的《李媽》、吳組緗的《樊家鋪》、葉紫的《豐收》等都透露出自覺的反抗情緒。因此，可以說，鄉土文學派的小說創作標誌著現實主義創作方法日趨成熟。

第二，表現各種風土人情，構成了鮮明的地方色彩。由於中國農村宗法制社會長期停滯，人們處在偏僻閉塞的農村環境中，他們的風俗習慣、宗教儀式、生活成規、心理狀態等，仍然保留千百年因襲下來的歷史陳跡。王魯彥的《菊英的出嫁》寫冥婚的場面。作家描寫「出嫁」場面的宏大，並以細膩的筆觸刻畫菊英母親關心女兒陰親和出嫁的內心活動。這是冷酷的迷信習俗。顯然作家是以批判的態度來描寫這種冥婚的。臺靜農的〈紅燈〉描寫寡婦喪子的悲哀。得銀娘自兒子三歲就守寡，茹苦含辛地把兒子拉扯大，但被土匪強逼入伙，後被駐兵營長開刀示眾。兒子死後，母親想借錢買紙做件長衫，以慰亡靈，但也無法如願以償，最後只得撿一塊用剩的紅紙做一個小紅燈，去超渡兒子的亡靈。有的作品描寫村民兇暴的械鬥場面。許傑的《慘霧》描寫兩個村的村民為爭奪沙渚的開墾權而展開了一場腥風血雨的械鬥，最後死的死，傷的傷，留下的是宗法社會制度所造成的一片罪惡。彭家煌的《慫恿》描寫兩個家族的世仇。雙方為一對生豬買賣的事發生衝突。政屏娘子要到原拔家去上吊，並叫來幾十個打手大鬧。雖然

最後通過談判解決了糾紛，但政屏娘子也受了皮肉之苦和侮辱。整篇小說的筆法圓熟，是一場富有地方色彩的悲喜劇。有的作品表現農村野蠻習俗，如許傑《賭徒吉順》的被迫典妻；臺靜農〈蚯蚓們〉的含淚廉價賣妻；彭家煌《活鬼》中的老農為了不絕後，讓十三歲的孫子娶比他大十多歲的老婆。這些典妻賣妻、男尊女卑的封建野蠻習俗，當然是對於封建社會制度的強烈控訴，然也描繪出了各地農村社會的風俗畫，具有獨特的地方色彩。

第三，表現出「悲涼」情調的審美意識。「悲涼」情調本來是中國古典文學固有的特色之一，它不僅由於悲劇比喜劇更具有深刻的感人力量，更由於中國知識份子基於憂國憂民的表現。屈原的《楚辭》、杜甫的《三吏三別》等都凝結著久繞心頭的悲涼情調。而鄉土文學表現出來的悲涼情調自有它自己的特色。其一是鄉愁。作家遠離故土，輾轉生活於城市中，故鄉的山水、草木，兒時的伙伴，難免時時浮現在心頭，難免產生戀鄉情結。而這種情結隨著時光的流逝，往往顯得更為淒涼。許欽文的《故鄉》、《父親的花園》，潘漠華的《牧生和他的笛》，王魯彥的《童年的悲哀》，蹇先艾的《老僕人的故事》，都自覺地流露出「鄉愁」情緒，以增強作品的美感力量。其二是悲憤情緒。作者對故鄉農民的衣食無靠的悲慘生活，並不是以旁觀者姿態冷漠地予以表現，而是把自己的身心與鄉親父老交融在一起，他們是故鄉農民遭受災難的申訴者，因此始終飽含著悲憤的情緒。其三是對婦女悲慘命運的同情。作家懷著顫慄的心情，描寫那些典妻、賣妻、沖喜、守寡等的婦女苦難和悲哀。這裏表現出了深沉的悲涼意識。

早期鄉土文學派有支龐大的作家隊伍，其影響久遠，對中國現代文學的建設有著不可磨滅的貢獻。鄉土文學派與文學研究會人生派相比有明顯的差異。鄉土文學派所寫的題材集中在農村，雖然他們也與人生派作家一樣有「為人生」的民主主義思想，但他們又不像人生派作家那樣用天真的愛和美來觀察人生，而是真真切切地表現故鄉農民的現實苦難，揭露封建宗法制度的罪惡，幾乎一致地採用富有批判性

的現實主義方法。鄉土文學派與創造社的浪漫派相比也不同。浪漫派
所寫的生活都是自身的身邊生活，圍繞著「自我」，表現知識青年的各
種思想情感。而鄉土文學派都從城市的角度觀照農村，雖然不是身邊
之事，卻都是作者自身經歷過的農村生活，於是他們自然地運用現實
主義方法，並顯示了中國新文學的日趨成熟。鄉土文學派雖然沒有一
個固定的刊物作依託陣地，也沒有成立一個社團，但他們以獨特的藝
術風格凝聚著，已經被人們作為一個文學流派來認識，並發生了久遠
的影響。葉紫的《豐收》、柔石的《為奴隸的母親》以及茅盾的《春蠶》，
這些膾灸人口的作品我們可以看作是鄉土文學派的延續。40 年代的
「山藥蛋派」、「白洋淀派」的源頭都可以追溯到鄉土文學。總之，鄉
土文學在藝術上促進了「五四」新文學現實主義的深化，同時也超越
了「五四」新文學創作與生俱來的歐化傾向，為新文學的民族化邁出
了開拓性的一步。

第七章　新月詩派

　　新月詩派因新月社而得名。1923 年 8 月，徐志摩、胡適、陳西瀅等人以聚餐會的形式開始組織新月社俱樂部。它是一個具有社交性質的文化團體。雖然組織渙散，但參加者都是北京的上層人士，有文人，也有政客和銀行資本家，甚至有交際花和軍人。1924 年，印度詩人泰戈爾來華，新月社由梁啟超出面接待，徐志摩任翻譯，並陪同到濟南、南京、上海、杭州、太原等地演講，還在北京協和禮堂由新月社組織演出話劇《契忒拉》，慶祝泰戈爾生日。這些活動，擴大了新月社在國內外的影響。遠在美國的留學生余上沅、聞一多、梁實秋、熊佛西等組成的中華戲劇改進社，寫信敦請新月社支持他們的戲劇改進工作。他們回國後也相繼參加了新月社。1926 年 4 月 1 日，徐志摩主編的《晨報副刊・詩鐫》問世。這是由青年詩友劉夢葦建議，經過聞一多、饒孟侃、朱湘、朱大枏等回應而創辦的。每週四出版，「專載創作的新詩與關於詩或詩學批評及研究文章」（《詩鐫・弁言》），在 6 月 10 日出到第 11 期就停刊了。時間雖然很短，但在中國新詩史上有一定的地位。因為它在徐志摩、聞一多等人的影響下，追求現代格律詩的藝術形式的創造和實踐，構成了新月詩派的基本特點。它推動了新詩在形式上的發展和繁榮。1926 年 6 月 17 日至 9 月 23 日，徐志摩又在《晨報副刊》上創辦《劇刊》，發表文章的除了徐志摩、聞一多、陳西瀅、余上沅之外，還有丁西林、趙太侔、梁實秋、蒲伯英、熊佛西等，不過只有十五期，沒有產生較大的社會影響。1926 年 6 月以後，聞一多、饒孟侃、胡適和徐志摩先後相繼離開北京，新月社便在無形中解散了。1927 年春，徐志摩、聞一多、邵洵美、胡適、余上沅、張禹九、梁實

秋等在上海開辦新月書店，由胡適任董事長，余上沅任經理（後由張禹九接任），主要出版新月派成員的著作，後來也出版別人的著作，如丁玲、胡也頻都在新月書店出版過著作。1928 年 3 月，徐志摩、聞一多、饒孟侃等又在上海創辦《新月》月刊。《新月》月刊為綜合性刊物，涉及學術、思想、文藝各個文化領域。它在創刊號的〈新月的態度中〉中提出了所謂「不妨害健康」與「不折辱尊嚴」的創作原則，標榜「超然」的態度。到 1933 年 6 月終刊，共出版了 4 卷 43 期。在《新月》刊行過程中，徐志摩接受陳夢家、方瑋德、方令孺等人的建議，又主編了季刊《詩刊》，由新月書店發行。1931 年 9 月，陳夢家從《晨報·詩鐫》、《新月》及《詩刊》上挑選了徐志摩、聞一多、饒孟侃、孫大雨、朱湘、邵洵美、方令孺、林徽因、陳夢家、方瑋德、梁鎮、卞之琳、俞大綱、沈祖牟、沈從文、楊子惠、朱大枬、劉夢葦，十八位詩人的八十首新詩，編成《新月詩選》出版。集前有長序，徐扼要地說明他們共同的創作態度和個別的詩歌風格外，對現代格律詩的理論也作了進一步闡明。1931 年 11 月，徐志摩因飛機失事遇難。《詩刊》由邵洵美接編，出至 4 期停刊。1932 年起，象徵派詩人戴望舒等人反對新月詩派的新格律主張，使無韻自由詩在更高層次上興起，詩壇上有格律派被象徵派所取代的趨勢。1933 年 6 月以後，新月詩派逐步無形解體消亡。

新月詩派以倡導現代格律詩運動為中國新詩發展做出了卓越的貢獻。我們知道，「五四」初期，白話詩派在突破舊體詩束縛的探索中，做出頗為艱苦的嘗試，為中國詩歌開闢了新的發展途徑，並且以自身的成績證明了這種新的藝術形式存在和發展的必然性。但是隨著新詩的繼續發展，早期白話詩在藝術上的缺陷逐漸暴露出來，於是眾多有志於新詩創作的人必然要對新詩藝術形式展開全面的探索。比如，俞平伯、劉大白想引進古典詩詞的某些藝術因素；劉半農想在民歌民謠中引入新的格調；創造社詩人則強調抒發自我內心高昂的情緒；冰心、宗白華的「小詩」，則從泰戈爾的哲理詩和日本俳句和歌中尋找出路。

而徐志摩、聞一多想在新詩中建造一套新的格律，也是對新詩藝術形式的一種自覺的追求。新月詩派存在的時間有十年之久，人員又多，是一個很有成就和影響的流派。

那麼新月詩派在現代格律詩的理論上有哪些探討呢？《晨報‧詩鐫》最早提出了現代格律詩的理論。饒孟侃連續發表〈新詩的音節〉、〈再論新詩的音節〉。他認為新詩的音節，「包含有格調、韻腳、節奏和平仄等等的相互關係」。他主張新詩要注重韻律、合理安排平仄、講究詩行排列，把內容與音節調和到恰到好處，使讀者從這些詩的原素中自然而然地受到詩的思想與情緒的感動。他在〈新詩話〉中還論述了格律與內容的關係，他說：「情緒在詩裏是一個先決的問題，格律是為了更好地表現情緒而創造的。」然在新月詩派中對新詩格律理論進行全面系統闡明的當推聞一多。聞一多認為詩不能單純地模仿自然，它應該受藝術規律的制約。在《詩的格律》中提出了著名的「三美」理論：「詩的實力不獨包括音樂的美（音節），繪畫的美（詞藻），並且還有建築的美（節的勻稱和句的均齊）。」

所謂「音樂的美」，指的是音節和旋律的美。聞一多把這種音樂美置於詩美的最重要地位。這與創造社郭沫若的主張恰恰相反。郭沫若強調詩的精神在其內在韻律，即指詩人情緒的自然消漲。而聲調、押韻都是外在韻律，並不主要。聞一多當然並不反對詩應有熱烈的情感，但聞一多特別強調詩的外在節奏，包括格式、音尺、平仄、腳韻，最重要的是音節。他說：「詩的所以能激發情感，完全在它的節奏，節奏便是格律。「世上只有節奏比較簡單的散文，決不能有沒有節奏的詩。」他提出每行詩句的音節要大體一致，或有規律變化，「整齊的字句是調和的音節必然產生出來的現象。絕對的調和音節，字句必定整齊」。（《詩的格律》）押韻求聲音和諧，給人以聽覺的美感。當然押韻是靈活多變的，他認為「中國韻極寬，用韻不是難事」。腳韻使詩易記、能唱，造成鏗鏘的節奏，使詩渙散的聲音貫串一體，富於音律美，因此他說：「用韻能幫助音節，完成藝術；不用正同藏金於室而自甘凍餓，不亦愚乎？」

（〈致吳景超〉）聞一多在這裏的基本精神是為了糾正當年詩壇上散文化和歐化的傾向。格律是文字對於思想感情的控制，是防止詩歌蕪雜與鬆散，過分歐化的一種約束，使詩趨於精煉和均齊，能夠克服新詩散漫無章的惡性氾濫。聞一多說，詩人要「樂意戴著腳鐐跳舞」。所謂「腳鐐」當然是個比喻，旨在說明要在一種規定的格律之內制勝地做詩。

所謂「繪畫的美」，指的是詞藻的運用，要體現中國文字的視覺方面的印象，寫出空間的形相與色彩。「因為我們的文字是象形的，我們中國人鑒賞文藝的時候，至少一半的印象，是要靠眼睛來轉達」，因此，詩必須講究文采修飾，詞藻繁麗，吸收繪畫的某些藝術手段，融入詩境。他認為「原來文學本是佔時間又佔空間的一種藝術」（《詩的格律》）。把繪畫美當作創造詩美的一種藝術手段，以華麗的詞藻、洗練的語言描繪具有詩意的景致，勾勒出生動的畫面和意象，增強詩的直觀性，豐富詩的美感和情味。

所謂「建築的美」，指的是詩形整飭，節、句數相等，長度排列整齊均勻，具有完美的形式和結構，似建築上的造型藝術。聞一多所強調的新詩格律與中國古典格律詩有著很大不同，他列舉了三點不同：一是古典「律詩永遠只有一個格式，但是新詩的格式是層出不窮的」。新詩是「相體裁衣」；產生內容與格式，或精神與形體的調和之美。二是古典「律詩的格律與內容不發生關係，新詩的格式是根據內容的精神製造的」。三是古典「律詩的格式是別人替我們定的，新詩的格式可以由我們自己的意匠來隨時構造」（《詩的格律》）。這裏，聞一多把新詩格式與古典律詩的格式嚴格加以區別，說明了他既注意繼承傳統，又考慮創作新詩的實際，如何予以創新。新月詩派盟主徐志摩主要傾心於詩的創作，較少做理論研究，但他是同意聞一多意見的。在《晨報·詩鐫》的終刊號上，徐志摩強調新格律的重要。他認為一首詩的生命是在它的內在音節，只有明白這一點，「我們才能領會到詩的真的趣味，不論思想怎麼崇高，情緒怎麼熱烈，你得拿來徹底的『音節化』

（那就是詩化），才可以取得詩的認識，要不然思想自思想，情緒自情緒，都不能說是詩」（〈《詩鐫》放假〉）。徐志摩還敏銳地把握詩感與音節的關係。他不絕對強調詩行的均齊，而主張詩行整齊與否屬於詩的音節，而音節又受詩人真純的情感制約。他把詩感置於最重要的地位，對聞一多有所修正。不過，在諸家意見中，聞一多的詩論對於新月詩派具有指導作用，幾乎成了該派成員努力實踐的準則。當然在各人具體的創作實踐中又有各人自己的獨特個性。然新月詩派的詩作主要的特徵仍是形式上的注重格律，追求「三美」。

　　新月詩派新格律詩的實驗是有價值的。聞一多的詩集《死水》以認真創造新格律開了一代詩風。其中最大的貢獻是確立新詩音節。前人探索新詩的韻律，多數從押韻著眼，而聞一多以實踐音樂美為追求目的，因此不局限於押韻，還包括音節、平仄、格式等。他對節、行、字數都有一定的規範，改變了過去過於自由、鬆散的自由體詩風的弊病，為現代格律詩樹立了典範。例如他的〈死水〉：

> 這是／一溝／絕望的／死水，
> 清風／吹不起／半點／漪淪。
> 不如／多扔些／破銅／爛鐵，
> 爽性／潑你的／剩菜／殘羹。

這裏每行都由四個音節組成，其中都有一個三字尺和三個二字尺，其字數相等，收尾都是雙音詞，音調鏗鏘悅耳，自然產生一種音樂美。所以聞一多說〈死水〉的試驗，使詩的格律「確乎已經有了一種具體的方式可尋。這種音節的方式發現以後，我斷言新詩不久一定要走進一個新的建設的時期了」（《詩的格律》）。聞一多其他的詩，如〈黃昏〉、〈夜歌〉、〈罪過〉等大致屬於這種字句整齊、格律一致的詩。不過聞一多的長詩，如〈李白之死〉、〈劍匣〉、〈西岸〉，作者為了表現內容的需要，就不拘泥於字數的一致了，時有長短句的交錯，對詩的格式做了新的追求。

　　徐志摩的詩歌中有許多節奏整飭、字句一致的詩篇。如〈聽槐格
訥樂劇〉。但徐志摩著重研究英國 19 世紀的詩歌形式，從英詩裏輸入
中國古典詩詞至為罕見的抱韻、交韻，並努力進行試驗。固然，徐志
摩有點盲目追求以單音字數整齊為建行的不合乎現代漢語的錯誤，但
他畢竟創造了許多與詩意相適應的、富有音樂美的新詩，為同時代人
鮮能企及。他精於音律的安排，如〈沙揚娜拉〉、〈我不知道風——〉、
〈滬杭車中〉，都以音節長短、聲調強弱、語音抑揚頓挫而創造出了優
美的韻律節奏。請看他的〈再別康橋〉：

> 輕輕的我走了，
> 　　正如我輕輕的來，
> 我輕輕的招手，
> 　　作別西天的雲彩。
> 那河畔的金柳，
> 是夕陽的新娘，
> 　　波光裏的豔影，
> 在我心頭蕩漾。

這是詩的頭兩節。整首詩音節勻稱，不拘平仄，但又適度注意抑揚頓
挫，音的強弱取決於詩人跌宕起伏的情緒，詩人對康橋依依眷戀之情
都通過輕盈柔和的旋律表現出來。詩人還以形象語言很有層次地描繪
了由近而遠的景物，金柳、波光、青荇、清泉、彩虹、星輝、雲彩等
相互輝映、襯托出詩人夢幻般的情感。而他的詩歌節奏和韻律大體上
和這種感情的起伏相適應。徐志摩才氣很足，在詩的韻式上變化多姿，
隨韻、交韻、抱韻、雙迭韻、偶韻以及隨韻與交韻間迭使用，都進行
試驗。他的絕大部分詩都有其形體規律，章法整齊，但又不拘泥於某
種形式，他至少創造了十多種詩形，為新詩開闢了廣闊途徑。他是很
有成就的。

　　新月詩派中的朱湘，也是一位「用心深刻」（徐志摩語），努力實踐「三美」，很有成績的詩人。他吸取西洋詩音律的長處，又繼承古代詞曲風格，再從民間說唱文學中吸取養分，把三者融合起來，形成了自己獨特的風格。如〈採蓮曲〉，抒寫一位嬌豔的採蓮女划著小船去採蓮。他用英詩中輕重音規則交替的手法，利用先重後輕的音韻，表現小船在水中上下飄蕩的情景。〈採蓮曲〉全篇採用舒緩、平和的平聲字，增加柔和音調，同時在每節前四行插入「呀」字，造成停頓和間歇，音調拉長，適於吟唱。朱湘還追求音韻的變化，〈婚歌〉起首用堂的寬宏韻，結尾用簫的幽遠韻，便是用音韻來表現出拜堂時熱鬧的鑼鼓聲和撒帳後情調的溫柔。整首詩的音韻隨著人物思想感情的變化而變化，詩情、詩意和藝術形式達到了和諧一致。當然朱湘有時過分地追求形式的完美，因此難免有明顯的雕琢痕跡。新月詩派其他的詩人在「三美」的創造上各具特色，如劉夢葦的突出成就在詩形上，無論是整飭的方塊詩〈示嫻〉，還是鐵路軌式的〈無題〉都呈現出建築美；朱大柟刻意雕飾詞藻，〈春光〉、〈默向涼秋〉都吸收了許多文言辭彙，描寫五彩斑斕的畫面；饒孟侃特別注重音節的和諧，在詞語搭配的平仄上頗為講究。即使後起之秀陳夢家也在語式、排列上都講究對稱，音節上下均衡，承襲徐志摩、聞一多之詩風。總之，新月詩派詩人由於都具有較高的中外文學修養，他們一般對政治又無多大興趣，自然努力於藝術形式和技巧的追求。過去大陸上的文學史對新月詩派多有誤會，指責他們有形式主義。其實新月詩派借鑒西洋詩技巧又竭力避免歐化傾向；吸收中國古典詩歌營養又努力擺脫舊詩詞的束縛，力圖建立合乎中國傳統欣賞習慣的民族化新詩，對後人是有啟迪作用的。於是新格律詩運動的成績我們應該肯定，它在藝術上為現代新詩開闢了又一條廣闊途徑，從而奠定了與自由詩並存的格局。

　　新月詩派是由新月派派生出來的，它有著新月派的背景。他們應該屬於自由主義知識份子的流派。新月派在思想上主張自由主義，他們既不滿政府當局壓抑思想自由的文化政策，也對各種新興的主義和

標語不滿，他們在強調文學的純正性的同時，反對文學的階級性，把剛剛興起的左翼文學當作打擊對象，於是引起了雙方長期的論爭。這場論爭包括新月派與創造社、梁實秋與魯迅的論爭。先講新月派與創造社的論爭。新月派的一些成員在《新月》雜誌創辦以前，與創造社曾有過友好的交往。聞一多對郭沫若的《女神》評價很高，聞一多、徐志摩、劉夢葦、梁實秋等人都在創造社的報刊上發表過作品。但是1928 年《新月》創刊後，新月派主張創作自由，而創造社當時轉向普羅文學的提倡，新月派與創造社展開了激烈的論爭。創造社主要針對徐志摩的〈《新月》的態度〉、胡適的人權運動以及梁實秋的人性論進行了批判。徐志摩提出「健康與尊嚴」的大原則，要用理性來約束不純正的思想，使文學能獨立發展，擺脫政治與商業的干涉，於是他既批評當局政府的不健康，又對提倡無產階級文學表示不滿。新月派為爭取言論自由進行激烈的抗爭。《新月》上發表了一系列文章，主張人權。政府曾密令查禁《新月》以及新月書店出版的《人權論集》。當然胡適他們持一種改良態度，而左翼作家持一種革命態度，因此有明顯的分野乃至對立。而梁實秋在 1928 年 6 月出版的《新月》上發表了〈文學與革命〉，宣傳天才論與人性論，否定革命文學的存在。認為文學是基於固定普通的人性，人性是測量文學的唯一標準，還認為文學只是天才的產物，文學也是沒有階級性的。梁實秋在 1929 年 9 月出版的《新月》上又發表了〈文學是有階級性的嗎？〉，他認定無產階級文學理論是錯誤的，「錯誤在把階級的束縛加在文學上面。錯誤在把文學當做階級鬥爭的工具而否定其本身的價值」，這些觀點理所當然地受到了當時左翼作家的反駁。由於對同一文學藝術問題的態度不同，後來的爭論就失去了學理上的爭鳴，變成了謾罵與相互人身攻擊的爭吵。

再說梁實秋與魯迅的論爭。論爭以前，梁實秋對魯迅雜文的藝術價值是頗為推崇的，說魯迅的思想深刻而辣毒，文筆老練而含蓄。「諷刺的文字，在中國新文學裏是很不多見的」（梁實秋：《華蓋集續編》）。但是魯迅與梁實秋在文學階級性問題上發生了論爭。魯迅在 1928 年 1

月在《語絲》上發表〈文學與出汗〉，就梁實秋的人性論進行了一番批駁，魯迅從進化論的角度論證人性不是永久不變的，「要描寫永久不變的人性，實在難哪」。後來他們又涉及到翻譯問題，梁實秋發表了〈論魯迅先生的「硬譯」〉，而魯迅撰寫了長文〈「硬譯」與「文學的階級性」〉。魯迅一方面堅持「無產者文學是為了以自己們之力，來解放本階級並及一切階級而鬥爭的一翼」，另一方面再次表明「據我所看過的那些理論，都不過說凡文藝必有所宣傳，並沒有誰主張只要宣傳式的文字便是文學」。總的看來，在這場論爭中，魯迅在文學的人性與階級性、文學與政治、文學與宣傳等關係問題上的意見比較全面，思慮也比較周密，而梁實秋在某些問題上也提出過較中肯的意見，但有偏頗的地方。

　　新月派與左翼作家的這場論爭，新月派被左翼作家視為敵人，新月派作家具有的價值和成績都受到了排斥，胡適、梁實秋、徐志摩等，甚至沈從文也長期無法在大陸新文學史上獲得應有的地位。隨著當時論爭的加劇，新月派開始瓦解。而左翼作家在這場論爭中有了很大發展。不過左翼作家在批判新月派的同時，也使自己的理論更加左傾，逐漸走向封閉，他們重視政治宣傳，而對文學本身的藝術價值更有所忽視。其實，我們要是採取相互寬容的態度，盡量包容對方思想內蘊的合理成分，盡量吸收借鑒不同流派藝術的經驗，堅持文化的多元主義，那麼避免那些無聊的情緒性爭吵是完全可能的。

第八章　現代評論派

　　「現代評論派」是出現在 20 世紀 20 年代的一個自由主義的文化派別，它不是一個單純的文學團體，涉及政治、經濟、法律、科學、文藝等多方面。它以期刊《現代評論》雜誌而得名。《現代評論》的主要撰稿人有王世杰、燕樹棠、周鯁生、陳源、高一涵、陶孟和、李四光、張奚若、顧頡剛、胡適、徐志摩、凌叔華、丁西林、沈從文等。在 1925 年和 1926 年間，圍繞著「五卅運動」，「女師大事件」和「三·一八」慘案，魯迅同「現代評論派」中的陳源等人有過激烈的論爭。魯迅揭露了「現代評論派」某些人不光彩的做法，稱他們為「媚態的貓」、「叭兒狗」。而瞿秋白在《魯迅雜感選集》序言中，又從政治上給他們定了性，說他們是「段祺瑞章士釗的走狗」。因此，解放後的學術界、文化界一直否定它，在文學實績上也不加分析地一筆抹煞。一直到 80 年代，才有一批研究「現代評論派」的文章發表，做了一些分析，做了適當的評價。其實「現代評論派」是由多方面的文化人彙集而成的鬆散的團體，雖然同有留學歐美的文化背景，但各人卻具有不同政治理想和文化態度。他們在以反帝反封建為主題的時代，竭力使自己處於「無偏黨」、「無阿附」的超然獨立的地位。正由於抱有「自由主義」和「獨立精神」的態度，《現代評論》辦刊基本上是開放、相容的。它也發表了許多具有進步意義和富有藝術創新價值的作品。魯迅在編選《中國新文學大系·小說二集》時，不僅選有發表在《現代評論》上的小說，而且還在〈導言〉中做了中肯評價。《中國新文學大系》的詩歌、散文、戲劇諸集中也分別收有發表在《現代評論》上的作品，足見「現代評論派」在當時的影響和意義。《現代評論》標榜「自由」

和「獨立」，宣稱要本著「無顧忌、無偏黨、無阿附」的原則，「說自己想說的話」（〈《現代評論》出版了！〉），開了自由主義的政治、文化和文藝思想之先河。因此，在撰稿人中，也有不少革命的和傾向進步的文人學者和作家，如杜國庠、陳啟修、田漢、胡也頻、歐陽予倩、吳伯簫、周建人、郭沫若、焦菊隱、尚鉞等。誠然，《現代評論》的開放態度，是與蔡元培主持北京大學所倡導的「循思想自由原則，取相容並包主義」的學術風範分不開的。這種寬容和平等的民主精神，對中國現代新文化建設和新文學的繁榮、發展起了重大的推動作用。

《現代評論》，1924 年 12 月 13 日創刊，每逢週六出版。前期主編是王世杰，前兩卷的文藝稿件由陳西瀅（陳源）負責編輯，第 3 卷開始由楊振聲編輯。1927 年 3 月第 6 卷 138 期起，由北京移至上海出版，由丁西林任主編。1928 年 12 月 29 日終刊，共出版 9 卷 209 期。隨即現代評論派解體。每期載七、八篇文章，約二十頁。文學約佔五分之二的篇幅。十年之內《現代評論》和它的增刊共發表短篇小說二百多篇，長篇小說一部，詩歌近一百首，劇本十多個，還有不少散文，並且介紹了契訶夫、莫泊桑、歌德等的一些文學名著。此外現代評論派還出版過《現代文藝叢書》五種，有楊振聲的中篇小說集《玉君》、郁達夫的短篇小說集《寒灰集》、凌叔華的短篇小說集《花之寺》、徐志摩的第一本詩集《志摩的詩》和丁西林的《獨幕劇集》。《現代評論》還嚴厲地批判過整理國故的復古主義，也捍衛過「五四」新文學運動的實績，發表了張定璜的〈魯迅先生〉，認為魯迅先生「是新文學的第一個開拓者」，「是他在中國文學史上用實力給我們劃了一個新時代」。陳西瀅也向讀者推薦了郁達夫的《沉淪》、魯迅的《吶喊》、郭沫若的《女神》等新文學運動以來的十部優秀作品。許多無名的新作家如胡也頻、李健吾、施蟄存等亦得到《現代評論》的提攜。下面我就「現代評論派」的自由主義文藝思想和創作特色做一些粗略的分析介紹。

先講「現代評論派」的自由主義文藝思想。「現代評論派」在文學理論方面的主張與他們的文化理想是相一致的。具體可以說有四點。

其一，以人為本的文學觀念。這是它的文藝思想核心。這裏包含著兩層意思，一是執著於自我，在淡泊虛靜中追求作家內心的自由；二是反映人的生活，追求人性的解放和自由。這是中國古代美學和西方人文主義思想衍生出來的。在中國古代的美學思想中，儒家講究入世精神，強調對現實生活的參與，而道家注意的是內心的淡泊自由，是超越於現實而走向自然。現代評論派顯然更多地繼承了老莊的思想，要求保持精神的純潔獨立和生命人格的尊嚴。而關注人的自身價值，追求人性的的自由和解放，也是西方人道主義文藝思想的核心。中國老莊執著於內心的淡泊和西方要求人性的自由，在「現代評論派」諸位身上得到了較好的結合。於是，「現代評論派」在創作實踐中主張作家的內心自由，他們沒有急功近利地為宣傳革命而拋棄創作理想。在當時一片革命的口號聲中仍平心靜氣地堅守自己的理性主張，以啟蒙的精神觀照世界，因此他們創作的作品，很少直接以革命為題材，而更多地通過創作實踐表達自己的自由心境，表現出恬淡自然、明靜如水的創作態度和美學風格。凌叔華、陳西瀅、陳衡哲、徐志摩、沈從文的作品，一般都折射了以人為本的文藝思想。誠然，「人的覺醒」是「五四」新文學的傳統主題，不管是文學研究會，創造社，還是現代評論派，他們都注重「人」，但他們的側重點不同。文學研究會注重人的生存狀態；創造社比較關注自我的解放；而「現代評論派」則重在張揚人本精神。或者說，現代評論派更重視抽象、普遍地反映人的理性價值。陳西瀅非常讚賞羅曼‧羅蘭的精神和信仰。他曾引用托爾斯泰給羅曼‧羅蘭的信，表明自己的藝術主張。他說：「無論那一樣事業的動機，應當是為了愛人類，不應當為了愛事業的本身。藝術家沒有這樣的愛，他創造的東西不會有價值的。只有溝通人類的同感，去除人類的隔膜的作品才是真有價值的作品。」（《現代評論》第 60 期）。這裏表明現代評論派的文學觀念的理論基礎是民主、自由、平等、博愛、人性這些歐美資產階級上升時期的思想武器。

其二，以道德啟發民智。現代評論派提倡個人權利，反對無產階級的革命運動。於是文藝上不主張反映或宣傳現實的革命鬥爭，而以道德啟發民智，通過對道德的重塑喚起嶄新的人文理想。這種同現實保持一定距離的審美態度，是他們自由主義文藝思想的集中體現。若從文藝對現實的態度及其功用性來看，基本上可分為功利派和超脫派。而這兩派在中國文學史上都有深厚的淵源。梁啟超和王國維是兩派在近代的兩位代表。然「五四」以來，這兩種看似對立的文學功利觀，實際上傳達了時代精神的兩個側面，即反帝的民族主義情緒和反封建的民主主義要求，表現了 20 世紀初的民族的覺醒和文學的覺醒。於是有學者說：「兩者存在著內在的一致性。」(《中國現代文學三十年》)魯迅所謂「改造民族靈魂」的啟蒙主義文學觀、文學研究會的「為人生的藝術」、創造性的「為藝術而藝術」，都可以從中國文學思潮的演變中找到各自的源頭。而「現代評論派」的文學觀融合了「功利」和「超脫」兩種精神。他們提倡「以道德啟發民智」，實際上繼承了梁啟超新民說的啟蒙主義思想。而他們不以政治介入文學，主張文學同現實保持一定審美距離的思想，則是對王國維以來的超功利文學觀的認同。這種既主張藝術獨立又強調啟蒙意義的文學觀，典型地表現了「現代評論派」的自由主義的文藝態度。他們非常關注道德形態。在他們看來，理性就是對道德形態的重造。而關注人的道德精神，既具有啟蒙作用，又可避免參與現實的急功近利行為。於是他們在功利觀與超功利觀之間找到了一個最佳角度，那就是文學應對人進行價值理性和道德的啟蒙。他們始終關注文化的意義，而文化的最好體現便是民眾的道德素質。他們肯定在文化和文學中寓有社會的本質，認為文化的改革比政治的改革對社會更為重要，因此，把以道德啟發民智看作革新個人和振興民族的思想武器。例如沈從文的作品，總是厭惡政治、反對戰爭，希望借助完美的道德形態來實現他理想的人性。

其三，重心靈的抒發。現代評論派主張獨立和自由，不僅指不受政治約束的思想自由，也指表達情感、抒發性靈的自由。例如陳衡哲

在《小雨點‧自序》中強調文學創作的「情感的至誠，與思想的直純」，也就是說，文學創作不僅要有思想的自由，還要有情感的自由。「現代評論派」對「心靈抒發」的重視，首先表現在對真實情感的強調。陳西瀅認為「一到創作的時候，真正的藝術家忘卻了一切，他只創作他心靈中最美最真實的東西，斷不肯放低自己的標準，去迎合普通讀者的心理」（《現代評論》第 48 期）。其次，「現代評論派」還極其推崇作家藝術家的自我創造。他們反對模仿，認為藝術的第一要素是在創造，在於表現自我，因此他們認為「不管是動或靜的藝術，最要緊的是在創造，是在開發從來未曾有的境界」（《現代評論》第 120 期）。這一點同創造性的「自我表現」有相似之處，但又不如創造性作家那般過於表現「自我生命」。「現代評論派」對自我創造的強調，是基於藝術的個性和藝術的自由的，反映的是文化啟蒙後人的覺醒，強調的是自己心靈的美學意義，因而成為自由主義文藝思想的一個重要特徵。

其四，寬容的批評原則。「現代評論派」崇奉的是人道主義同自由主義相融合的文藝思想，表現為相容並包、溫和穩健的美學風格。他們在批評原則上也主張寬容、平等、不尚攻訐，顯現出從容恢廓、紆徐悠然的風度。「現代評論派」傾向於「射他耳」（satire）的文體。「射他耳」是嘲諷、諷刺的意思。在他們看來，文章是生命的表現，應具有生動性和趣味性，不能是單調、古板的刻意說教。他們認為中國文壇太沉重，缺乏英美式的「費厄潑賴」（fair play）的氣質。所以希望文學成為一種輕鬆、幽默的精神活動，在「一種深刻而溫文爾雅的空氣」中完成文學的活動（《現代評論》第 19 期）。例如，陳西瀅的《閒話》則如初春的和風，從容舒緩又略帶勁意；丁西林的議論則如辣味的熱湯，在熱辣中夾著些許快意；於是他們表現出來的既非急功近利的革命口號，也不是不著邊際的夢言醉語，而是隱含在嘲諷後面的嚴肅諭示。「現代評論派」還崇尚「不尚攻訐」的批評態度。他們努力不因思想偏見或群體歸屬的不同肆口漫罵，主張平等地批評與反批評。丁西林說：「我決不贊成一個人罵人，因而丟了自己的臉。」（《現代評

論》第 2 期）同時在文學批評上也強調只針對作品不針對人。王世杰
說：「批評的人只應批評作品而不應批評作者，第一就是不攻擊作者的
人格，第二就是不攻擊作者發表作品的動機。」（〈現代評論一週年
紀念增刊〉）這種「不尚攻訐」的態度，是企圖糾正當時的不良的批
評風氣，可惜的是當時沒有得到很好的採納。至今它應仍有借鑒的
意義。

再談「現代評論派」的創作特色。「現代評論派」在文學創作中表
現出鮮明的啟蒙特色，具有極強的人文色彩。具體地說有三點。其一，
關注社會，表現作者的人道主義情懷。對於下層勞動人民沉重災難的
深切關注和真誠同情，幾乎貫穿了《現代評論》從創刊到終刊的全部
創作。汪敬熙的〈瘸子王二的驢〉，描寫瘸子王二賴以維持生計的驢被
大兵搶去，所遭遇的不幸，揭露軍閥混戰給人們帶來的災難。作者如
杜鵑啼血般地呼籲，不僅表達了人道主義思想，也體現了重振社會道
德和社會政治的理想。楊振聲的〈瑞麥〉，描寫李老頭無意中發現自己
的麥田裏長了一顆雙穗的瑞麥，於是高興得大做發財夢。但這傳聞驚
動了縣太爺，縣太爺就要焚香燒紙，拜叩瑞麥，儀式隆重，人山人海，
結果為招待縣太爺和那些三班六房的當差反而背了一身債，十二畝的
麥苗也被人馬踐踏，斷莖絕枝不成樣子了。最後李老頭負債度日，被
逼成瘋。作者不僅僅表達對農民遭難的同情，更多的則是對製造災害
的地方官吏的無情譴責。王向辰的《棚匠》、《瞎林之死》表現了同一
主題，凝結著作者對於生活中弱者的關懷和同情，體現出平等、博愛
的思想。《現代評論》上還發表了許多具有愛國主義情感的詩和小說。
聞一多的〈醒呀〉、〈七子之歌〉、〈洗衣曲〉、〈愛國的心〉、〈我是中國
人〉等愛國詩篇，表達了詩人對祖國強盛的急切願望。王獨清的〈歸
不得〉、孫伯騫的〈密士失必河晚步〉、劉大杰的小說〈月圓之夜〉，都
有著苦苦思念祖國的眷念之心情。《現代評論》對教育特別關注。他們
對教育現狀不滿，對於教育救國的期望心切。因此，在許多作品中揭
露教育界的腐敗虛偽，批評教育界的荒唐和醜陋成為了重要的主題。

霍為德的小說〈房先生的壯舉〉和〈鳥先生的榮譽〉都是揭露教育界的醜劇。項定榮的〈校長的失敗〉也是批評基層校長醜行的。教育關係到國家的強盛，關係到民族的文化、道德、素質。現代評論派對於教育的關注，集中在道德思想文化的建設上，可謂用心良苦。其他的作品，都是激勵和開發民智的，具有啟蒙主義特點。影響較大的還有謇先艾的〈水葬〉等。

其二，崇尚人與自然的和諧。《莊子・齊物論》中說：「天地與我並生，萬物與我為一。」表明人只有回歸自然，才能夠從宗法的壓抑下解脫。白蒲的小說〈晚歌〉典型地反映「魚相忘於江湖」般的陶醉。俞平伯的散文〈西湖的六月十八夜〉也表達了投入自然的自由神態和情緒，體現了文人的灑脫心境。陳衡哲的〈南京與北京〉也表露了文人自由、幽雅的心情。沈從文更沉酣於戀鄉之夢中，深摯地愛著拙樸的土地和人，歌頌樸野的，未被儒家道德所泯滅的化外之風，歌頌未被都市文明扭曲的、正直素樸的自然人情人性。在他的筆下，都市的紳士們總是那麼的委瑣、懦弱、庸俗和乏味（〈嵐生和嵐生太太〉、〈舊夢〉），而來自鄉間的農人、士兵、水手和村姑則總是充滿野性、強健和純真（〈山鬼〉、〈獵野豬的人〉、〈入伍後〉）。這些反映了作者的人生態度和對待自然的審美標準。誠然，現代評論派對人與自然的頌揚，有迴避現代文明之嫌，但它是針對人生衰弱、道德淪喪的社會現狀而發出的對美好道德形態的呼喚。

其三，熱衷於自我人生價值的思考。「現代評論派」作品中有很大一部分是表達對於自身生活的體驗和感受，讓人們看到 20 世紀 20 年代中國知識份子的痛苦生活現狀和精神世界。於是，他們不大關心具體的生活過程，而熱衷於人生自我價值的思考。飛來客的詩劇《詩人與月》，劉夢葦的〈病中送客回南〉、張鴻琦的〈無力的殘喘〉、割紫的〈駱駝的末路〉、志希的〈未樓的雁〉等詩歌表達了一個共同主題：對身世飄零的傷感，對精神孤獨的無奈，對人生意義的茫然。同時也表達了知識份子自重、謹慎、不肯輕易附於權勢的獨立人格。沈從文在

〈《老實人》序〉中概括了純抽象的對人生思索的精神世界。他在回答人為什麼要活呢時,他說:「這也像為什麼要死的問題,是一個不必追究的問題。然而我對此有一點兒見解,便是我的活是為認識一切:我所認識的是人與人永沒有瞭解的時候,在一些誤解中人人都覺得可憐的;可憐之中復可愛。倘使我這心,在另一種狀態下還沒有恢復的機會,我的工作方向當略略轉變,應當專從這人類怎樣在誤解中生活下來找一種救濟方法。」(《現代評論》第 165 期)這是他對自我價值的生存意義的認識,也反映了「現代評論派」這個群體的共同心聲。「現代評論派」有關婚姻愛情題材的作品,同樣可以發現知識份子在當時的心理、精神現實。如凌叔華的〈酒後〉、〈花之寺〉、〈吃茶〉,許君遠的〈榆園〉、〈今昔〉,翰哥的〈阿菊〉、子約的〈雲兒〉、文川的〈小英〉等。這些作品的婚戀觀念是「五四」精神的延續,但比「五四」時期的觀念更深沉和理性。如果「五四」婚戀小說是爭取人的解放的吶喊,那麼「現代評論派」的婚戀小說則是對於人自身價值的理性思考。他們往往借用香草美人的消逝,表達知識份子自我價值難以實現而無可奈何花落去的感嘆,從而表明他們對自我價值的肯定和人生意義的探尋。

縱觀「現代評論派」的創作,可以發現,他們對社會現實問題的思考,側重於社會腐敗、野蠻的揭露,表明他們的啟蒙立場;對自然的態度,則是以舒展個性自由、人性解放為出發點;對自身價值的探索則更注重生命本身的意義。他們面對中國的過去和現實,注重文化的發掘、改造和創新,而思考的核心是喚起美好淳樸的道德意識,以建立一種更完滿健康的人生形式。這種重振文化道德的自由主義文學觀及其創作,在中國現代文學的繁榮和發展上有一定的推動。所以現代文學史上應該有一定的位置,然這種自由主義思想在當時中國的社會狀態中,註定是失敗的。客觀上說,這種歐美自由主義思想要在小農經濟為主的半封建半殖民地的土地上成長是有困難的。從主觀上講,這批自由主義者所倡導的獨立人格,在中國當時的文化氣候條件

下也是不可能做到的，何況國人當時很難接受他們的文化理想。歷史發展到 90 年代的時候，人們才驚喜地發現這塊被長久封凍的自由主義領地，可能慢慢地會開始解凍。

第九章　語絲派

　　語絲派由《語絲》週刊而得名，根據周作人日記的記載，1924 年 11 月 2 日，周作人、孫伏園、錢玄同、李小峰、章川島、江紹原、顧頡剛七人在北京東安市場開成素餐館聚餐，算成立了語絲社，集議創辦《語絲》週刊。時隔半月，即 11 月 17 日，《語絲》便在北京出版了。這是一個同人刊物，最初列名撰稿的除上述七人之外，還有魯迅、斐君女士、王品青、衣萍、曙天女士、淦女士、春台、林蘭女士、林語堂共計十六人。到 1927 年 10 月 22 日出版 154 期時，被當時統治北京的奉系軍閥查封，已編好的 155、156 期遷到上海繼續出版。所以《語絲》可分為北京和上海兩個階段。北京階段，週刊的主編是周作人，上海階段，魯迅主編了第 4 卷的第 1 期到 52 期。柔石主編了第 5 卷的第 1 期到 26 期，李小峰主編了第 5 卷的第 27 期到 52 期。之後就自行停刊。《語絲》是中國現代散文發展史上的一個重要生長點，也使中國現代散文成為亮麗風景的苑圃。《語絲》的創刊及其存在，表徵著中國現代散文開始走向一個自覺的時代。

　　《語絲》的宗旨，在它的〈發刊詞〉中有直率的表達：「我們幾個人發起這個週刊，並沒有什麼野心和奢望。我們只覺得現在中國的生活太是枯燥，思想界太是沉悶，感到一種不愉快，想說幾句話，所以創刊這張小報，作自由發表的地方。」「我們並沒有什麼主義要宣傳，對於政治經濟問題也沒有什麼興趣，我們所想做的只是想衝破一點中國的生活和思想界的昏濁停滯的空氣，我們個人的思想盡自不同，但對於一切專斷與卑劣之反抗則沒有差異。我們這個週刊的主張是提倡自由思想，獨立判斷，和美的生活。」「週刊的文字，大抵以簡短的感

想和批評為主，但也兼採文藝創作及關於文學美術和一般思想的介紹
與研究，在得到學者的援助時也要發表學術上的重要論文。」上述的
申明可以知道「自由思想」、「獨立判斷」、「美的生活」，正是語絲派同
人對於理想中的人格與文體的一種設定和預約。「自由思想」、「獨立判
斷」反映了經過「五四」洗禮的知識份子，對自身現代性內涵的理解
和求取；「美的生活」則表明他們對於文學藝術的親和、對於政治經濟
話語的遠離，對讀者提示著《語絲》的性質。《語絲》作為作家的一個
自由論壇，散文作為作家思想的一種載體，兩者頗為相得。這種相得，
使得《語絲》時期的現代散文獲得了全面的發展。

這種全面發展表現在散文文體上，就是建構了雜感型與美文型的
格局。先說雜感型散文。雜感型散文寫作自然側重於社會批評和文化
批評。《語絲》上魯迅計有七十多篇雜感文章，周作人有一百多篇，林
語堂、錢玄同、劉半農、章衣萍、川島等人也發表了許多雜感。《語絲》
上的雜感，在精神上繼承了《新青年》的「隨感錄」。《語絲》對新事
的催促，對舊物的排出，對「一切專斷與卑劣」的反抗，都承接了《新
青年》的基本品格，語絲派作家充滿熱情地寫作雜感，說明他們注意
從寫作與社會的溝通關聯中實現自身的價值。他們雜感之「感」都從
作者觀察社會、人生，思考現實和歷史中得來，他們都懷有強烈的社
會責任感。誠然，他們不是政治家，只是作家，更多的是在人文知識
份子的立場上進行社會和文化批評。這種批評呈現出個體性，不是階
級、集團性的，是自由主義知識份子對社會做出的一種自由言說。但
是他們又富有責任性，有著強烈的社會正義、公平的激情，因此語絲
派作家不可能完全脫離政治，營造個人的純藝術天地。就他們取材題
旨而言，約有社會批評、文化批評兩類。前者主要針對現實中的政治
性事件進行議論，後者側重於對思想文化領域的情由做出批評。作為
社會批評的雜感，體現了語絲派作者鮮明的反對封建主義和帝國主義
的態度。錢玄同的〈恭賀愛新覺羅‧溥儀君遷升之喜並祝進步〉、周作
人的〈致溥儀君書〉等篇是就末代皇帝出宮所發的議論，內中洋溢著

因反封建取得勝利而感覺到的喜悅之情。在他們看來，溥儀出宮是封建帝制終結的一個標誌。對日本人辦的《順天時報》惡意中傷李大釗的事，周作人嚴加駁斥，認為「日本人的漢字新聞造謠鼓煽是其長技，但這樣明顯的胡說霸道，可以說是少見的了」（〈日本人的好意〉）。以嚴辭厲句直逼對象，體現出周作人的鬥士精神。周作人後來成為漢奸為人不齒，那是後話，當時也曾評擊過日本人的悖謬。《語絲》對專制的抗爭有更多的篇章。他們對「三・一八」慘案製造者段祺瑞執政府暴行的批判，是《語絲》作家的一次集體亮相。張定璜的〈檄告國民軍〉，林語堂的〈悼劉和珍楊德群女士〉，魯迅的〈紀念劉和珍君〉、〈無花的薔薇之二〉，周作人的〈關於三月十八日的死者〉、〈新中國的女子〉，朱自清的〈執政府大屠殺記〉，陸晶清的〈從劉和珍說到女子學院〉等大量文章，彰顯犧牲者的品行、揭露專制者的殘暴，具有很強的戰鬥性。《語絲》對當時發生在中國的重大政治文化事件，如溥儀出宮、李大釗被害、女師大風潮、五卅事件、清黨運動等都做出了反應，形成一股不小的勢力。顯示出語絲派知識份子守望正義、批判邪惡的精神。

　　《語絲》的文化批評表現了他們對各類文化事業的一種職業性的敏感。由於他們奉行自由言說的主張，使他們得以比較從容隨意地論說文化人物、文化事件，從而表現出他們對文化的關懷精神。首先是對封建文化的批判。魯迅發表在《語絲》創刊號上的〈論雷峰塔的倒掉〉，由雷峰塔倒掉的新聞展開聯想議論。作者巧妙地從民間傳統的演繹中，提取出反對專制，倡揚反抗的精神。其次是批判文化保守主義。魯迅的〈看鏡有感〉一篇，由翻衣箱，翻出幾面古銅鏡子來的瑣事起興，從「海馬葡萄鏡」的由來，「遙想漢人多少閎放」的開放求新的氣魄。魯迅以「鏡」作為回溯歷史的線索，展開歷史的情境，並與現實的某些景況相對照，其用意非常明顯在於批判文化保守主義。當時文化上的復古傾向觸目皆是，而在魯迅看來，「要進步或不退步，總須時時自出新裁，至少也必取材異域，倘若各種顧忌，各種小心，各種嘮

叨，這麼做即違了祖宗，那麼做又像了夷狄，終生惴惴如在薄冰上，發抖尚且來不及，怎麼會做出好東西來」。因此，魯迅主張「放開度量，大膽地，無畏地，將新文化盡量地吸收」。再次，《語絲》還發表了許多對舊道德及其相關者的批評，為新道德的建設發揮了一定的作用。

再說美文型散文。《新青年》時期，散文以議論體為主。這大概是應思想革命之運而生的一種特點。周作人的美文觀念及其實踐，確實在《語絲》上獲得了初步的成功。我們知道周作人的〈美文〉發表於1921 年 6 月，他首次將散文中「記述的，是藝術性的」一類作品命名為「美文」，認為這種美文可以分出敘事與抒情，但也有很多兩者是夾雜的。周作人強調美文「須用自己的文句與思想」。由此可見，他具有了現代散文文體意識，已從文體的形式和內容兩端來說明美文的體徵內質。這對現代散文由議論向敘事體、抒情體的發展，形成多體共存的散文格局有重要的啟發意義。在《語絲》裏以雜感為主，但美文的寫作也頗受重視。魯迅與周作人分別代表了雜感與美文創作的最高成就。魯迅也寫美文，他發表在《語絲》上的散文詩，後來結集為《野草》，也是美文。周作人不僅是美文的倡導者，而且是實踐者。刊發於《語絲》的〈烏篷船〉、〈喝茶〉、〈鳥聲〉等名篇，成為美文創作的代表作。作為一方美文的天地，《語絲》同時也發表了很多敘事抒情性的散文，祖正的〈山中雜記〉、江紹原的〈小品〉、綠漪的〈我們的秋天〉、繆崇群的〈南行雜記〉等，還有以連載的形式刊發的，如韋素園的〈春雨〉、鍾敬文的〈太湖遊記〉、賽先艾的〈雨夕〉、向辰的〈捕螢〉、章衣萍的〈第一個戀人〉、〈夜夜曲〉，評梅的〈雪夜〉、許欽文的〈在湖濱〉、川島的〈溪邊漫筆〉等等，一時美文的寫作蔚然可觀。《語絲》上的美文有著自己的旨趣，是一種偏重於個人的文學，其題材較多地關乎知識者個人化的生活領域。這裏的美文有一種濃淡相宜的中和與雅爾舒然的從容。這是作者將生活藝術化所得出的一種成果。其取材題旨一般與現實社會保持著間距，具有一種親近文化味的閒適格調。例如，〈喝茶〉「所想說的只是我個人的很平常的喝茶罷了。」其中所

寫是作者經驗中的「茶道」：「我的所謂喝茶，卻是在喝清茶，在賞鑒其色與香與葉，意未必在止渴，自然更不在果腹了。」「喝茶當於瓦房紙窗之下，清泉綠茶，用素雅的陶瓷茶具，同二三人共飲，得半日之閒，可抵十年的塵夢。」這真正是一種閒情逸致的藝術化生活。

《語絲》是一個相容豐富的刊物。雜文與美文的寫作表示著現代散文作家精神存在的兩種不同的向度與形態。他們都是思想獨立精神放逸的主體，其文不是為了代言釋道，而是為了寫心傾吐。他們寫雜感，部分地體現著作為人文知識份子的本性，在寫作與社會關聯中履行社會職志，實現自身存在的價值。他們寫美文，則又體現著他們作為文化人對本我生命的關注、尊重，或者說自我肯定和欣賞。這兩種存在並不矛盾，它們往往能在主體的寫作過程中得到統一。這種統一歸源於作家的社會需要與個人趣味所決定。一般說選擇雜文，就意味著選擇對社會、對文化的批判，側重於社會責任感；如果選擇美文，就意味對作家個體生活際遇情感流變的記敘，對自然人文風情的描寫獲得心靈的自適或自省。批判與自適都是需要的。魯迅主張雜文，但也寫美文，周作人鍾情美文，而又不棄議論之好。這在《語絲》週刊上得到了統一。這不僅展示了知識份子主體自主自由的現代性的精神內質，而且也表明《語絲》完整地建構了中國現代散文的格局。

語絲派在中國現代文學史上還有一大貢獻，那就是找尋民間文化。新文化的建設，不僅需要從西方文化中獲得自身合法性的憑據，更需要從本民族的文化傳統中尋找歷史的憑據。因此，胡適、周作人等的新文學倡導者，都願意到歷史、民間深處尋找新文學更悠久的淵源，胡適的《白話文學史》就是這樣一部著作。而《語絲》從民間的途徑出發，尋找純粹屬於民間的文化，成為啟發人們建設新文化的民族維度。那麼，什麼叫「民間」，周作人在為劉半農收集的《江陰船歌》作序時，做了如下的定義：「『民間』這意義，本是指多數不文的民眾；民歌中的情緒與所知的事實，也便是這民眾所感的情緒與所知的事實，無非經少數人拈出，大家鑒定頒行罷了。所以民歌的特質，並不

偏重在有精巧的技巧與思想，只要能真實表現民間的心情，便是純粹的民歌。」在《語絲》創刊之前，《歌謠》週刊是民歌民謠、民間故事、民俗收集研究的專門刊物。《晨報副鐫》、《京報副刊》在孫伏園主持時也常常登載相關文章。而《語絲》因周作人的關係很快便成為民間故事傳說、風土習俗的搜集整理的重要處所。周作人發表在《語絲》第9期上的譯作〈《古事記》中的戀愛故事〉可以視為《語絲》民間追尋的開始。周作人的研究視野開闊，不僅拘泥於本國的民間，還盡可能地注目其他國家民族的民間文藝。《語絲》的北京階段，民間文化的尋找和研究達到了高潮。《語絲》上發表的相關文章可以分成三類，一是民歌，如顧頡剛的〈吳聲戀歌〉、劉復譯的〈柬埔塞的民歌〉、〈西班牙民歌〉、〈猓猓民歌〉，林憾的〈竹枝詞〉、敬文的〈客音的山歌〉等。二是民間故事，如雪林的〈菜花蛇的故事〉、雍也的〈董道士的傳說〉、顏黎明的〈杜鵑的故事〉等。三是民俗的介紹研究。這部分成果以江紹原的「小品系列」最為重要。其他還有〈談「鬧房」〉、〈新娘的裝束〉、〈《髮鬚爪》序〉、〈《樵歌》後記〉等。當時形成了一股收集研究民間文化的熱潮。在他們看來，民歌可以成為新詩創作的民間資源，周作人說：「民歌與新詩的關係，或者有人懷疑，其實是很自然的，因為民歌的最強烈最有價值的特色是它的真摯與誠信。這是藝術品的共通的精魂，於文藝趣味的養成極是有益的。」(《歌謠》)民歌的感情真摯、明快以及口語化的特徵，與當時白話新詩的提倡有相當吻合的一面。新詩創作的散文化與平民化傾向恰好與民歌形成鮮明的映照。民間故事的挖掘，顧頡剛認為是從民間角度構建「民眾們的歷史」(《泉州民間傳說序》)，從而在一定程度上校正啟蒙知識份子對國民性的認識。民俗研究更具有學術上的價值。周作人說江紹原的民俗研究「於社會學家的東西簡直是殊途同歸」，「闡明好些中國禮教之迷信的起源，有益於學術以外，還能給予青年一種重大的暗示，養成明白的頭腦，以反抗現代的復古的反動，有更為實際的功用。」(〈《髮鬚爪》序〉)《語

絲》上述民俗學資料的搜集和討論，常與《語絲》作者所關注的社會批評和文化批評結合在一起，於是產生了很大的影響。

　　語絲派在現代散文文體的創建中所傳達出的民眾立場和現代知識份子獨立精神，自由人格的追求，以及對民間文化的追尋為新文學的建設提供歷史與本土淵源等方面，都做了卓越的貢獻，在當時的期刊中，《語絲》無疑是聲名最著的一個，在中國現代文學史上留下了麗亮的一頁。

第十章　論語派

　　論語派是中國上世紀 30 年代出現的一個小品散文流派。因林語堂創辦《論語》半月刊而得名。其主要人員有陶亢德、徐訏、邵洵美、章克標、劉英士、沈有乾、孫斯鳴、章衣萍、林幽、邵慶元、孫福熙、孫伏園、俞平伯、劉半農、章川島、謝冰瑩、趙元任等。《論語》創刊於 1932 年 9 月，主編林語堂在創刊號扉頁上刊登了〈論語社同人戒條〉十則：1.不反革命；2.不評論我們看不起的人，但我們所愛護的，要盡量批評（如我們的祖國、現代武人、有希望的作家及非絕對無望的革命家）；3.不破口罵人（要謔而不虐，尊國賊為父固不可，名之為王八蛋亦不必）；4.不拿別人的錢，不說他們的話（不為任何一方做有津貼的宣傳）；5.不附庸風雅，也不附庸權貴（絕不捧舊劇名星、電影名星、交際名星、文化名星、政治名星及其他任何名星）；6.不互相標榜，反對肉麻主義（避免一切如「學者」、「詩人」、「我的朋友胡適之」等語調）；7.不做痰迷詩，不登香豔詩；8.不主張公道，只談老實的私見；9.不戒癖好（如吸煙、啜茗、看梅、讀書等），並不勸人戒煙；10.不說自己的文章不好。這十條戒律，表明論語派無論在政治立場、文學立場還是雅俗文化立場上，都體現出「中間性」。政治上的中間性，是自由主義者在言論不自由的政治環境中所選擇的主要話語策略，它也決定了論語派刊物的定位和文化傾向。顯然這裏有林語堂那種「動輒以反革命罪論」的恐懼擔心，也暗含著對政府能夠提供一個相對寬鬆的民主氣氛和言論環境的幻想。所謂文學立場的中間性，是林語堂針對當時文學場上的紛爭而提出來的。當時文學場上有三股力，一是革命文學的力；二是純文學的力；三是大眾文學的力。革命文學當時正在

清算「五四」文學的貴族性和小資產階級特性；純文學當時正在反省
「五四」文學的功利性，堅持文學的審美現代性；大眾文學在受到批
評和忽略後，隨著上海大都市的崛起繁榮而正在受到人們的青睞。在
這三股力之中，論語派採取中間性立場，不同於左翼作家的戰鬥性雜
文，也有別於政府主流宣傳機構的假太空文學，堅守「言志」和「自
我」的立場。在雅俗文化立場上，論語派堅持中國心氣和平、事理通
達的文化精神。林語堂提倡近情的文字，寫出人生真相。他把小品文
寫作專門化，嚴肅化，確立小品文的獨立的美學原則，迴避文學的功
利性寫作，也力圖兼顧文學的大眾化要求。

　　論語派的中間性，體現在寫作上，就是提倡「幽然」、「閒適」、「性
靈」、和「自我」的四大理論。《論語》創刊初期，主編林語堂曾多次
撰文說明《論語》的性質，注重於養成「論語的格調」。他說《論語》
「對於政治，也可以少談一點，因為我們不想殺身以成仁」；還「應該
減少諷刺文字，增強無所為的幽默小品，如遊記、人物素描之類」。《論
語》的「主旨是幽默，不是諷刺，至少也不要以諷刺為主」，而「幽默
之種類繁多，有文有野，有雅有俗，有雋有露，有苦有淡，《論語》若
能使國人多嘗幾種口味，辨其鹹酸苦辣，也就為功不淺了」。何謂「幽
默」，林語堂在《論語》第 33 期上發表了〈論幽默〉的長文。他說：「幽
默到底是一種人生觀，一種對人生的批評」，「幽默是與鬱剔，譏諷揶
揄區別的」。「最上乘的幽默自然是表示『心靈的光輝與智慧的豐富』，
如麥烈蒂斯氏所說，是屬於『會心的微笑』一類的。各種風調之中幽
默最富於情感。」他認為「幽默與謾罵不同。因為謾罵自身就欠理智
的妙語，對自身就沒有反省的能力。幽默的情境是深遠超脫，所以不
會怒，只會笑」。因此，只要「有相當的人生觀，滲透道理，說話近情
的人」，都會「寫出幽默作品」來。《論語》第 27 期以後由陶亢德接編，
但林語堂仍為實際主持者。他在《論語》第 38 期發表〈再與陶亢德書〉，
以性靈派和語錄體的繼承者自命，認為「提倡幽默必先提倡解脫性靈，
蓋由性靈之解脫，由道理之滲透，而求得幽默也」。所謂「性靈」，林

語堂在〈論性靈〉一文中說：「性靈即個性也。」他認為只要寫「自己見到之景，自己心頭之情，自己領會之事，信筆直書，便是文學」，「故言性靈必先打倒格套」，他主張打破桎梏，唾棄格律，痛詆抄襲。他說：「古來文學有聖賢而無我，故死，性靈文學有我而無聖賢，故生。」林語堂這種「自我為中心」的思想，在〈《人間世》發刊詞〉中說得更明白。他說：「十四年來中國現代文學唯一之成功，小品文之成功也，創作小說，即有佳作，亦由小品散文訓練而來。蓋小品文，可以發揮議論，可以暢泄衷情，可以摹繪人情，可以形容世故，可以札記瑣屑，可以談天說地，本無範圍，特以自我為中心，以閒適為格調，與各體別，西方文學所謂個人筆調是也。」於是幽默、性靈、自我所養成的論語格調就是閒適了。

　　1934 年 4 月，林語堂與陶亢德創辦《人間世》半月刊之後，在 1935 年 9 月又與陶亢德、徐訏合辦《宇宙風》，主要刊載小品文，兼刊其他體裁的作品，注重社會批評，宣揚民主、自由。曾發表過老舍的《駱駝祥子》、《牛天賜傳》，郭沫若的《北伐途次》，豐子愷的《緣緣堂隨筆》等。論語派辦的刊物發行量很大，單就《論語》創刊號就重印了幾次，轟動了讀書界，引起了競相辦小品文刊物的熱潮。《人間世》創刊一年多，於 1935 年 12 月停刊，共出四十二期。《宇宙風》1937 年遷至廣州，幾經遷移，延續到 1947 年 8 月在上海停刊，共出一百五十二期。《論語》因爆發抗日戰爭，於 1937 年 8 月 1 日第 117 期後停刊，然抗戰勝利後，於 1946 年 12 月在上海復刊，期數續前，一直到 1949 年 5 月停刊，前後共出版了一百七十七期。《論語》初期，頗有一些揭露諷刺黑暗現實的作品，如林語堂的文章，嘲笑對日本的不抵抗主義；或揭露舊中國封建文化思想、教育制度的種種弊端；或批評舊社會人情世故的病相。對論語派這方面的態度，左翼作家魯迅、茅盾都曾給予肯定和支持，並為《論語》撰稿。但對其一味提倡「幽默」，特別到了《人間世》、《宇宙風》時期，林語堂等進一步提倡「以自我為中心，以閒適為格調」的「無所為的幽默小品文」，認為「宇宙遠大，蒼蠅之

微，皆可取材」，甚至提出「無關社會意識形態鳥事，亦不關興國亡國鳥事」，完全迴避現實生活實際。發表了許多談鬼談病，談睡眠、談飲食，談貓談鼠「為笑笑而笑」的所謂幽默的作品。左翼作家對此提出了嚴肅的批評。魯迅在〈從諷刺至幽默〉、〈論語一年〉、〈小品文的危機〉等文章中批評論語派在當時「風沙撲面，狼虎成群的時候」，所謂幽默，其實只是「將屠戶的兇殘，使大家化為一笑，收場大吉」。魯迅認為小品文「必須是匕首，是投槍，能和讀者一同殺出一條生存的血路的東西」。客觀地說，魯迅在當時內憂外患的歷史背景下，他的意見無疑是對的。問題是在幾十年以後，我們一些研究者仍然抱住魯迅的意見，那顯然過分簡單化了。我們需要做出實事求是的評價，需要開拓新的研究思路。我想至少有三點。第一，要承認個人主體獨立性與自由主義的合法性。1927 年，當局在文化上施行棒喝主義，但政治上的高壓，反而使左翼文學有了強勢的發展，成了 30 年代文學的主潮。但與之相區別的自由主義知識份子，也要有生存的空間。他們既不願成為政府的座上賓，也不願冒險成為階下囚；既不能認同集團主義的宏大敘事，又不願將自由主義、個人主義棄如敝屣；既要遠離政治，又不能在現實中閉目閉口。其中論語派的中堅大多是這類自由主義知識份子。他們是身歷「五四」、具中年之感的文壇前輩，豐富的人生經驗，自然有中國士人避禍保身的意願。於是他們公然宣佈「不革命也不反革命」，堅守文學的自由主義與個性主義。儘管他們聲稱與政治無關，然他們天然的現代文明追求，在其理論和創作上卻都具有某種潛在的政治對抗意識，這表明他們某種被壓抑因素的掙扎，將肚子裏的悶氣借著笑的幌子吐了出來。第二，要認識「幽默閒適」與文學現代性的關係。論語派人士的中年情懷與放逸氣質，叛徒與隱士的雙重個性，賦予了小品文深刻的隱喻意味。他們那一顆顆本來安順在傳統農業文明社會中的心靈，當時已開始為都市文化和工業文明的潮汐所震盪和啟動。他們對傳統晚明文化中追求獨立、邊緣、隱士式的個體自覺的承繼和現代發揮；對粗礪的日常生活和平庸麻木的現代人心靈的

反省；對精神世界與審美情感的凝視與關懷，是與他們對中國古代思想傳統的重新理解和發掘聯繫在一起的。然而，他們的人生情懷、生命感悟、對個體存在價值的思考，以及在文學上的頑強自我表現，應該說都打上了現代文明的深刻烙印。因此，在 30 年代的文化語境中，我們固然不能無視它的消極影響，但也不能忽略它的現代性痕跡。第三，要認識到工業文化生產時代，商業文化機制的生成，會產生精英文學與大眾文學共存的格局，以便滿足社會的文化消費需要。當時閱讀幽默小品的是廣大市民階層，而創作幽默小品的人，實際上也是從「五四」時期的精英和啟蒙型知識份子轉化過來的市民型知識份子，於是他們的非政治主張，閒適的格調與幽默的風格都符合市民階層的需求，有著生長的適宜的季候和土壤。這種都市市民文化的取向有其萌生、發展的合理性和必然性。誠然論語派的小品文，未必能解決政治、戰爭等議題，但對市民理解世界與人生的神祕，理解作為個體存在的先驗的局限性，從而使身心平靜、和諧、達觀與快樂顯然是有益的。因此，如果我們今天能比較好地認識了上述三方面的問題，那麼，論語派在 30 年代因側身於主流或自處於邊緣時，與主流文學的爭論所糾結的種種是是非非；或它帶有士大夫情趣的詬病；或閒適幽默小品的「懶惰」、「幫閒」等等的嫌疑，基本上可以獲得一個較為開闊的思路。這也有助於發掘長期以來被遮蔽或被誤讀的東西。他們所體現出來的具有現代普泛意義的價值形態，也不會受到更多的苛刻質疑。

其實論語派是非常具有個性的，為中國小品散文寫作提供了可貴的經驗。第一點經驗是卸下載道重負，實現自由言志。30 年代現代散文寫作的分流，是從論語派開始的。以魯迅為代表的戰鬥性雜文和以周作人、林語堂為代表的閒適小品文的對峙，表明現代知識份子角色認定的差異及對現代人文理想不同方向的建構。論語派在其小品文的理念中，突出了現代散文發達的主因，即卸下文章載道的重負，退居邊緣，以個人筆調為主心骨，又將散文美學趣味的變化與現代社會文化變動後的世俗化聯繫在一起。他們的美學原則、思維方式，破除了

中國古代散文的傳統，亦不再只是服從於一時的兩黨對峙的需要，而是與現代散文的內在規律相通，與世界散文的要素相融合，這就大大推進了中國散文的繁榮。當時左翼作家指責論語派散文專於幽默閒適的趣味而顯其「小」時，論語派卻欲以其「小」來消解載道文學的宏大敘事，而宣揚言志的自由，說自己的話。這個「小」字，一方面表明現代散文不再是「文選派」、「桐城派」古文承載六經之旨，維繫世道人心的工具，意味著知識份子擺脫了封建道德的維護者與詮釋者的身分。另一方面就文學傳統而言，文章卸下載道重負之後，就可自由地作為歷史教訓、批判與反省的鏡子，也可以作為現代經驗最有利的論辯依據。小品文由是成為一個被賦予消解功能，具有現代內涵的概念，表徵著千百年來佔據中心地位的文章道統的崩潰，體現出追求個性的真誠，直接服儕「表現自我」的精神。

第二點經驗是祛英雄心態，回歸凡人哲學。小品文既然以表現個體情思為己任，便有意疏離了那肩負重任的英雄心態。論語派認定小品文的面目是智者、凡人、庸人的「人情物理」，而非道德化、功利化的國家民族的宏大敘事，便在理論上與魯迅式雜文那種戰士品格區別了開來。這種回歸凡人哲學的姿態，直接體現了對個體自由和感性生命的重新發現。論語派的閒適格調散文，尤其在日常生活經驗的展示、在身邊瑣事的抒寫中，並非沒有庸常消極的東西。但多數小品文也表現出了對話語深度模式的追求。他們的題材看似與現實時事無關，卻仍保持對生活的批判性；他們的態度雖然沖淡閒適，卻不失有民主思想的尖銳鋒芒。林語堂雖然要求養成閒適的格調，然仍希望「小者須含有意思，合乎『深入淺出』、『由邇及遠』之義，由小小題目，談入人生精義，或寫出魂靈深處。近間市上所謂流行小品，談花弄草，品茶敘酒，是狹義的小品，使讀者毫無所得，不取。無論大小，以談得出味道來為準」（〈我們的希望〉）。這裏可以看出林語堂反覆強調「開券有益，掩卷有味」的道理，說明了小品文成為一種承載日常生活與

人情物理的文章體式日漸成熟，也說明了身邊瑣事和個人情感的抒寫為小品散文的繁榮拓展了廣闊的空間。

　　第三點經驗是有意味散文體式的開拓。現代散文的諸種體式，其實都是現代人浮躁心態下採取的種種舉措。如有人，從大處著手，撇開具體的生活細節，把握時代的大方向與潮流的大趨勢，讓躁動的心靈搭上時代的脈搏一起跳動，由此調整出適應潮流的節奏感和滿足感。然也有人，在審美的途路中將目光越過現有的一切，回歸詩性的鄉土，寧靜而致遠。也有像論語派那樣強調一種有意味的文學體式，以便承載自由主義者的精神氣質和現代人的思維方式。論語派提倡的幽默閒適小品散文，具備著這樣的特徵：它的「小」、「輕」，重感覺的豐富性而非邏輯和條理性，是與義正詞嚴、宏文大論、高頭講章相區別。它妥貼地以個人的感覺偏好安慰現代人的心靈，恰好展示了個人在生活與思想矛盾中的左奔右突的境況。它以雋永的、富於生活情趣的細節，可感的生活氛圍、幽默、哲思與智慧，為讀者提供了最鮮活的感性汁液，把文學性推向了更高的審美維度。論語派小品散文體式的開拓，與他們既回望古典傳統又兼職西方現代路子有著密切的關係。其行文不為格套所拘，不為章法所役，有論說體、抒情體、雜文體、書信體多種樣式，寫作時信筆直書，娓娓而談而又能順理成章，為後人小品散文的寫作提供了可貴的借鑒。

第十一章　普羅文學派

　　普羅文學派是太陽社和後期創造社在 1927 年以後到 30 年代初所形成的流派。後期創造社在 1928 年 1 月創辦了《文化批判》和《現代小說》。前者主要發表政治、經濟、社會、哲學和文藝理論方面的文章，其中馮乃超的〈藝術與社會生活〉、李初梨的〈怎樣地建設革命文學？〉提出了建設無產階級革命文學的主張，從而引起了一場關於「革命文學」的論爭。後者主要發表小說或者翻譯作品，影響不是很大。至於太陽社的情況則有所不同。1927 年冬，蔣光慈在武漢時就想創辦文學刊物、組建文學社團。然學界一般認為，1928 年 1 月《太陽月刊》在上海的出版，才標誌著太陽社的正式成立。太陽社的發起人有蔣光慈、錢杏邨、楊邨人、孟起，主要成員有林伯修、夏衍、洪靈菲、戴平萬、樓適夷、殷夫、馮憲章、劉一夢等。他們都是經歷過革命鍛鍊的年輕共產黨員。太陽社的成立受到了當時共產黨黨中央鄧中夏、李立三、瞿秋白的支持和鼓勵。因此，它與其他文學團體不同，有鮮明的黨派性，並成立黨的組織，以便領導。他們是以「無產階級的政治綱領和組織原則為指導」，來從事無產階級革命文學活動的。因此，太陽社一問世，很快就與同時倡導革命文學的後期創造社並肩作戰，與魯迅、茅盾發生論爭。太陽社連續辦了《太陽月刊》、《時代文藝》、《新流月報》、《海風週報》、《拓荒者》等多種刊物。隸屬於太陽社的「我們社」又創辦了《我們月刊》，以便擴大革命文學的聲勢。不過這些刊物都具有「同人刊物」的性質，刊登的大多是社員的作品，出版期數不多，社會影響不是很大。1928 年 8 月，《太陽月刊》被查封。1929 年 9 月，蔣光慈等人東渡日本，在東京成立太陽社東京支社，但很快就停止了

活動。國內的太陽社也宣佈解散,全體成員在共產黨的指令下,於 1930
年加入了左翼作家聯盟。

　　無產階級革命文學的倡導,直接的國際背景是當時風行的國際無
產階級文學運動,特別受到蘇聯所謂無產階級文學理論及其作品的影
響。但中國的革命文學運動不像蘇聯那樣,是處在無產階級奪取政權
以後的革命高潮時期,恰恰相反,它發端於中國革命的低潮期,尤其
是 1927 年大革命失敗以後。其中的原因,正如魯迅在〈上海文藝之一
瞥〉中所分析的。魯迅說:「到了前年,『革命文學』這名目才旺盛起
來了,主張的是從『革命策源地』回來的幾個創造社元老和若干新份
子。革命文學之所以旺盛起來,自然是由於社會的背景,一般群眾、
青年有了這樣的要求,當從廣東開始北伐的時候,一般積極的青年都
跑到實際工作去了,那時還沒有什麼顯著的革命文學運動,到了政治
環境突然改變,革命遭了挫折,階級的分化非常顯明,國民黨以『清
黨』之名,大戮共產黨及革命群眾,而死剩的青年們再入於被壓迫的
境遇,於是革命文學在上海這才有了強烈的活動。所以這革命文學的
旺盛起來,在表面上和別國不同,並非由於革命的高揚,而是因為革
命的挫折……」可見,社會環境的變化和巨大的政治壓力,是中國無
產階級革命文學興起的原因。

　　普羅文學派對建設無產階級文學有哪些主張呢?他們的理論主張
主要來源於蘇聯「無產階級文化派」及其後起的「拉普派」。其中波格
丹諾夫的「組織生活論」影響最大。具體說來有以下幾點。

一、關於革命文學的性質。蔣光慈在〈關於革命文學〉一文中明確地
　　指出:革命文學是以被壓迫的群眾作出發點的文學;革命文學的
　　第一個條件,是具有反抗一切舊勢力的精神;革命文學是反對個
　　人主義的文學;革命文學是要認識現代的生活,而指示出一條改
　　造社會的新路徑。這裏就規定了革命文學的內涵,對「五四」以
　　來為人生、人的文學等的文學觀念提出挑戰。

二、關於革命文學的功能。郭沫若說文學是社會上的一種產物，一個時代便有一個時代的文學，因此在人類社會「已經達到第四階級與第三階級的鬥爭時代」，無產階級反對資產階級的鬥爭，不僅是為了解放無產階級自身，更是為了解放全人類，因而作為反映現代階級鬥爭的「最新最進步的革命文學」，必然是無產階級文學。而無產階級文學應當「在精神上是徹底同情於無產階級的社會主義的文藝，在形式上是徹底反對浪漫主義的寫實主義的文藝」（〈革命與文學〉）。他們還認為文學從屬於一定的階級，並為一定的階級服務，因此無產階級文學就是「社會構成的變革的手段」，「無產階級的階級意識，產生出來的一種鬥爭的文學」（馮乃超〈藝術與社會生活〉）。由此出發，他們指出無產階級文學的功能在於「宣傳」。「一切的藝術，都是宣傳，普遍地，而且不可逃避地是宣傳，有時無意識地、然而常時故意地是宣傳」（李初梨〈怎樣地建設革命文學？〉）。

三、關於革命文學的內容和形式。成仿吾強調文學要以工農大眾為主要對象，作家應該多接近工農群眾的生活，「以真摯的熱情描寫戰場所見所聞的、農工大眾的激烈的悲壯，英勇的行動與勝利的歡喜」（成仿吾〈從文學革命到革命文學〉）。至於無產階級文學的形式，是隨著它的內容的發展而決定的。首先是語言通俗化。無產階級文學要得到廣大民眾的理解和歡迎，「用語的通俗化是絕對必要的」（成仿吾〈革命文學的展望〉）。

四、關於作家的立場與世界觀。他們認為要建設無產階級文學的首要問題是作家要獲得無產階級的立場和世界觀。針對在開展無產階級文學運動中大多數作家是非無產階級出身的問題，他們提出了這些作家要進行世界觀改造，要克服小資產階級的劣根性，「努力獲得無產階級意識」，「牢牢地把握無產階級世界觀——戰鬥的唯物論、唯物的辯證法」（〈從文學革命到革命文學〉）。

　　這些主張顯然是極左的。正是魯迅所說的「他們對於中國社會，未曾加以細密的分析」，把蘇聯的東西教條地「機械地運用了」（〈上海文藝之一瞥〉）。由於深受「拉普」影響，犯了「左派幼稚病」的錯誤，於是與魯迅在如下幾個問題上發生了分歧。第一，關於文學的作用問題。普羅文學派過高地估計了文學的作用，認為文學可以「組織生活」，魯迅卻認為文學可以影響社會，有啟蒙作用；第二，關於題材問題。普羅文學派認為題材有決定文學價值的地位，魯迅卻認為青年可以寫自己熟悉的題材；第三，關於主題問題。普羅文學派認為「文學＝F（革命）」，而魯迅認為革命的主題是可貴的，但不能違反藝術規律；第四，關於寫新人問題。普羅文學派認為要寫無產階級，寫革命者，魯迅對「新人」也有興趣，但更不必硬造一個突變式的革命英雄，自稱革命文學；第五，關於創作方法。普羅文學派否定寫實以外的所有創作方法，魯迅主張「拿來主義」，反對將創作方法與革命或反革命等同起來。從上述情況來看，後期創造社和太陽社的革命文學主張顯然簡單化了，過分強調了文學的宣傳作用，宣揚了「組織生活」的錯誤理論。他們強調文藝的武器作用，卻忽視文藝的藝術性，必然導致了概念化和公式化的氾濫。當然，我們也要看到，當時中國社會嚴重處在黑暗之中，能聽到文學的革命宣揚，也許起到了振奮人心的作用。

　　太陽社的創作也不少，應該說有一定的成績。蔣光慈是普羅文學派的代表人物，他的小說數量多，並具特色。他的《少年漂泊者》是第一部自傳體中篇，繼而寫的《短褲黨》是以瞿秋白等革命者的真人真事為基礎的小說，有類似報告文學的味道。「四‧一二」事變後，他寫了小說《野祭》、《菊芬》和《最後的微笑》，表現出一種強烈的階級仇恨。此後，他寫了引起爭議的《麗莎的哀怨》，此作品馮憲章認為「採取反面的表現方法」，通過「貴族階級的強橫卑鄙，末路途窮」，反映出蘇聯無產階級和勞動群眾的「蓬勃振起」（《拓荒者》1930年3月第1卷第3期）。接著陽翰笙（華漢）發表文章，批評小說讓麗莎盡情地傾吐「哀怨」，只能引起讀者「對於俄國貴族的沒落的同情」，產生

「對於十月革命的憤感」，因此是個「嚴重的失敗」（《拓荒者》1930年 4、5 合刊）。此後許多文章對這部小說採取了否定的態度，蔣光慈對此深感委屈。其實《麗莎的哀怨》還算不差的作品，它運用反諷手法來描寫白俄貴族的心理。麗莎所傾吐的「哀怨」很符合她的身分，是真實的。人們從麗莎的哀怨中較少看見十月革命給人類帶來的「新世紀的曙光」，這也是事實。這裏的問題是做這樣的藝術嘗試時，出現了如何處理作者、敘述者與主人公三者之間的矛盾。蔣光慈顯然在主觀上使自己處於與主人公敵對的立場上，但他又把自己的諷刺和揭露含在白俄貴族的哀怨中。這裏的藝術處理是相當困難的。作者顯然缺乏這種藝術經驗，從而引起別人的誤解。

華漢的《地泉》是普羅文學派的代表作。《地泉》是由《深入》、《轉換》、《復興》三個中篇連綴而成。它的梗概是這樣的：《深入》寫 1927年秋，沿海某農村農民反抗地主剝削，他們摸清敵情，巧施美人計，智奪警察局槍支，農會武裝包圍地主莊舍，通過激烈的戰鬥取得了勝利，這標誌農村革命的「深入」；《轉換》寫大學生林懷秋在「四·一二」事變後十分消沉，他的女友夢雲帶他認識了女革命家寒梅，使他受到教育。後來林懷秋打入敵營，鼓動敵軍嘩變成功，這說明小資產階級知識份子的轉變。《復興》寫法商電車公司工人罷工，工人阿林堅持強硬路線，反對調停。後來林懷秋代表蘇維埃傳達了軍事策略，夢雲則組織了罷工委員會，他們上街遊行，搗毀御用工會，配合紅軍攻打大城市。這意味著革命的「復興」。該小說在 1932 年 2 月重版時，瞿秋白、鄭伯奇、茅盾、錢杏邨和作者本人寫了五篇序言。瞿秋白指出小說存在嚴重的狂熱情緒和不切實際的幻想，認為這是「革命文學」中普遍存在的又急需克服的「革命的浪漫諦克」的傾向；茅盾著重批評小說在藝術表現上的概念化和「臉譜主義」；鄭伯奇和錢杏邨既有讚揚又有批評，並聯繫自己創作上的缺點做了檢查；華漢自己既做了自我批評，也提出了反批評。這些意見今天看來並不重要，重要的是在

一本書裏同時收入不同意見的批評，其寬容的態度是當時左翼文壇上的一段佳話。

洪靈菲的《流亡》，也是普羅文學派中最有影響的作品之一。小說寫青年革命家沈之菲的漂泊生活。作者對社會壓迫極度敏感，對革命志士的屠殺、通緝，殖民地中國遭受帝國主義的種種屈辱；香港的畸形怪狀；南洋各國的暗無天日；封建家長制的摧殘人性；舊婚姻造成的斑斑血淚，這一切加上地方色彩和異國情調的著力渲染，彙成了《流亡》揭露性畫面的多彩多姿。過去他的《歸家》、《金章老姆》、《力氣出賣者》中的流亡者形象，大多是作者代他們滔滔不絕地訴說苦難的身世。而只有《流亡》，文字酣暢活潑，遊刃有餘，有了刻鏤人物之功力；同時還散發著浪漫主義氣息，大膽暴露和宣洩了自己主觀的感情。洪靈菲這種小說風格，影響了很多人。我們在艾蕪的《南行記》或者路翎的《財主底女兒們》中都可以感受到。

總體上看，普羅文學底小說內容昂揚，富有革命激情，但藝術上比較簡單粗糙，形成激情與藝術的嚴重失衡。其中還有一個基本的格式，那就是「戀愛加革命」。要如何看待這個格式呢？首先，他們筆下的「愛情」絕非是低級的調味品，也不是招徠讀者的「誘餌」。他們常常懷著真誠的感情來描寫愛情故事。題材上往往與時代、民族、階級的命運聯繫在一起。從這個角度上來看，這個格式有它的進步意義。但另一點，我們也要看到，這種「革命加戀愛」的題材，在進入他們的作品後，卻變成了千篇一律、千人一面的雷同公式。以現成的公式去代替複雜多樣的生活，顯然是有弊病的。這種結構當時就遭到了廣泛的批評。不過近年來也有學者認為，這種結構形式是「時代生活的產物」。從「五四」時期的靈與肉的衝突、個人與社會的衝突，到戀愛與革命的衝突，在題材的演變過程中，這也算是個進步。誠然如何準確地評價「戀愛加革命」，可能還有待於我們進一步研究。

第十二章　社會剖析派

　　所謂社會剖析派，主要指茅盾《子夜》以後的大部分小說，以及吳組緗、沙汀等人創作於 30 年代至 40 年代的小說。艾蕪在 40 年代的作品亦有該派特徵。實際上它的背景與左聯有關。我們知道，1928 年發生「革命文學」論爭以後，左翼文壇上掀起了一個翻譯探討馬克思主義社會科學的熱潮。其中有魯迅、馮雪峰、柔石、馮乃超等人譯的《科學的藝術論叢書》八種，包括普列漢諾夫、盧那察爾斯基等人的論著。根據統計資料，1929 年就有一百五十五種馬克思主義社會科學著作被翻譯、介紹、出版。經典著作《哲學的貧困》、《費爾巴哈論》、《反杜林論》等均有中譯本。這股社會科學的熱潮，不僅提高了作家的社會科學思想的水平，而且為左翼文壇拓展了一條嶄新的文學思路，也為左翼文學的倡導和趨於成熟準備了理論條件和文學骨幹。於是 1930 年 2 月 16 日，在中國共產黨的指導下，魯迅、鄭伯奇、蔣光慈、沈瑞先、馮雪峰、馮乃超、彭康、柔石、錢杏邨、洪靈菲、戴平萬、華漢十二人，舉行了以「清算過去」和「確定目前文學運動的任務」為題旨的討論會，檢討以往小集團主義，未能應用科學的文藝批評的方法和態度等缺點。當場決定籌建左翼作家聯盟，並於 1930 年 3 月 2 日舉行了成立大會。左翼是在衝破當局文化圍剿和克服內部的左傾偏向的過程中逐漸發展和成熟起來的。左聯前期明顯帶有早期普羅文學的烙印，甚而帶有半政黨的特色。這無疑隱含著左的偏頗和隱患。例如左聯曾決議要求作家離開自己的文學職掌，去搞什麼「飛行集會」、「節日遊行」之類的活動，讓手無寸鐵的作家去對峙荷槍實彈的軍警，顯然是不妥當的極左行為。在這種極左思想的指導下，左聯辦

的刊物也是鋒芒畢露的清一色，多的是標語口號式的吶喊，少有藝術
特色的創作。此類刊物在當局的文化政策高壓下，少則只出一期，多
則出半年，就相繼被封殺。這種局面對無產階級文學的推動顯然不利。
1931 年夏天開始，瞿秋白來上海養病。他與魯迅、馮雪峰參與領導了
左聯的工作，改變了鬥爭策略，局面才有所好轉。像聯結左翼作家和
其他民主進步作家的《文學》、《譯文》等刊物有了發展的空間，使左
翼文學能夠以其馬克思主義文學理論和創作去震撼文壇、影響文壇。
在這個過程中，茅盾的作家論和創作也發生了廣泛的影響。茅盾曾兩
度辭去左聯行政書記的職務，固然是他不滿意當時左傾思想的領導，
然更重要的原因，是他想用創作的實績來證明左聯存在的必要性和先
鋒性，也糾正左傾的文學創作主張。而他 1933 年 1 月《子夜》的出版，
就證明了左翼文學的成就，為左翼文壇爭得了榮譽。並且在他的影響
下，形成了一種新型的社會剖析創作模式。

　　在如此的文學背景下，社會剖析派的形成有著堅實的二大基礎。
第一個基礎是馬克思主義的社會科學理論。茅盾很早就學習馬克思主
義，對社會科學理論有過相當的研究。他在〈《地泉》讀後感〉中曾經
說過這樣一段話：「一個作家不但對於社會科學應有全部的透徹的知
識，並且真能夠懂得，並且運用那社會科學的生命素──唯物辯證法；
並且以這辯證法為工具，去從繁複的社會現象中分析出它的動律和動
向；並且最後，要用形象的言語、藝術的手腕來表現社會現象的各方
面，從這些現象中指示出未來的途徑。」茅盾在創作實踐中確實做到
了這一點。茅盾《子夜》的寫作是在 1931 年 10 月至 1932 年 12 月間
進行的。在此時段，中國思想界已經發生了關於中國社會性質問題的
討論。當時《動力》雜誌上發表文章，鼓吹中國已走上資本主義道路；
而《新思潮》雜誌上批駁了這種觀點，指出中國社會依然是半封建半
殖民性質。這一「將決定今後革命之一切戰術與策略」的問題（蔣和
森〈中國革命的性質及其前途〉），《子夜》通過對社會生活的深刻描寫
和剖析，有力地做了回答。《子夜》主人公吳蓀甫發展民族工業計劃的

可悲失敗，證明了所謂「中國已走上資本主義道路」這類說法的虛妄。正如瞿秋白所說：「應用真正的社會科學，在文藝上表現中國的社會關係和階級關係，在《子夜》不能夠不說是很大的成績。」(〈《子夜》與國貨年〉)而吳組緗也喜歡研究社會科學，他早年就讀的就是清華大學經濟系「念馬列主義」(吳組緗〈克服主觀主義，在工作中鍛練自己〉)，後來才轉到中文系。他與胞哥經濟學家吳祖光一起編輯過《中國社會》半月刊，並參加了社會科學研究會，從事中國社會經濟問題的分析工作。這些工作使他相信了唯物史觀，認定當時的中國是半封建半殖民社會。由是在文藝思想上也發生了變化，他說：「要暫時把趣味放開」，「在我們可能範圍內，多多注意和社會接觸」，「放開眼，看一看時代，看一看我們民族的地位，看一看社會的內狀」，「在現有的生活裏抓住苦痛，悲慨」，「而後再用 scrious 的筆向沉著處寫。」(〈談談清華的文風〉)吳組緗早期創作的農村題材小說，例《官官的補品》，寫的階級壓迫雖達到了相當深刻的程度，可惜暫時還沒有找到一種最適當的藝術表現方式。另一個社會剖析派人員沙汀，接觸馬克思主義更早。1927年就參加共產黨，後流亡上海，與同鄉合作創辦辛墾書店，宣傳馬克思主義。他最初的短篇小說集《法律外的航線》，所表現的就是社會革命的題材。不過他未摸索到對他來說最適當、最能發揮他長處的藝術創作模式。常有浮光掠影而又不失簡潔的印象式描寫。吳組緗、沙汀他們正在摸索創作道路的時候，《子夜》的出版使他們如在大海裏望見了燈塔，出現了一種新的努力方向。

　　第二個基礎是西方現實主義的創作方法。社會剖析派的創作方法不同於「五四」以來的現實主義作品及同時或稍後的各個流派，它與中國傳統現實主義文學的關係比較淡薄，更多受到的是西方 19 世紀現實主義及自然主義文學的影響，特別是巴爾扎克、左拉、托爾斯泰那種對於社會整體的藝術展示、追求藝術真實的社會觀照。茅盾他們十分熟悉西方現實主義文學及其文學理論。西方的哲學和美學歷來重視求真，把追求藝術描寫的真實性、客觀性放在首位。例如巴爾扎克開

始寫作不是按照藝術家的方式，而是按照科學家的方式。福樓拜則宣稱藝術應該是科學的、客觀的。狄更斯表示，他的作品目的就是追求無情的真實。到了左拉自然主義作家那裏，更是將創作視為是一種科學實驗、科學研究。這種將「真」視為藝術的最高原則，在中國古典文學中是很難能找到淵源的。中國古典美學談真與美時總是結合善的，並且善往往高於真與美。而茅盾他們社會剖析派卻傾向於西方的現實主義。他們把政治傾向寓於真實客觀的藝術描寫之中。茅盾認為「文學的職務乃在以指示人生向更美善的將來這個目的寓於現實人生的如實地表現中，亦無不可」，「但是文學者決不能離開了現實的人生，專去謳歌去描寫將來的理想世界」（〈文學者的新使命〉）。社會剖析派作家當然不否認文學應發揮使人向善向美的社會作用，但在他們看來，揭示現實的真相，讓讀者認清社會的病根，更有助於改良社會、改善人生。所以運用現實主義的創作方法，揭示社會真相，便是他們創作的直接要求和目的。同時，社會剖析派總是把社會生活作為一個整體，以科學的態度、宏觀的視野，從政治經濟的角度把握社會，用馬克思主義的社會科學理論來解釋、剖析各種具體的生活現象。總之，社會剖析派的創作方法是建立在觀察體驗基礎上的，與作家的具體感受融為一體，他們並不為了觀念的東西而忘掉現實主義。他們的文學作品並不致力於塑造理想的英雄形象，一般多為「暴露文學」。當時曾受到左翼文壇某些人的批評，說他們未能擺脫舊現實主義名著的限制，或說他們是「客觀主義」。這恰恰反映了社會剖析派將「求真」作為最高準則的創作宗旨。在他們本人並未見到英雄且熟悉英雄之前，他們不去虛構英雄；在面對黑暗時，亦不硬性為之添加光明。

　　社會剖析派人數不多，然其創作在中國現代文學史上有相當重要的地位，影響深遠。茅盾自《子夜》出版後，開拓了一條新的創作道路，先後完成了《春蠶》、《林家鋪子》、《霜葉紅似二月花》、《鍛練》等一批社會剖析小說。吳組緗接受了左翼創作的啟發和鼓舞以後，現實主義文學眼界趨於開闊，《子夜》的出版激發著他追求開闊境界的藝

術興味。1933 年，他就採取類乎《子夜》的社會剖析角度，寫成小說《一千八百擔》，補充《子夜》對農村社會描寫之不足。隨後他創作了《大下太平》、《樊家鋪》，抗戰前期，他還寫成了唯一的一個長篇《鴨嘴澇》，後來根據老舍的意見改名為《山洪》。他是一個異常嚴肅的作家，惜墨如金，從不粗製濫造。在抗戰前期文壇上流行著大量的熱情噴發的作品，其中《山洪》受到報章文字的推重，余冠英等人稱讚它是一部描寫農民民族意識覺醒的最佳的愛國小說（《文藝復興》第 1 卷第 5 期），可見小說影響的廣泛。沙汀在 1935 年至 1937 年間，受《子夜》的影響，也開拓了一種新的藝術境界，陸續寫出了一批反映四川風情和人物的短篇佳作。這些作品分別收在《土餅》集、《苦難》集和《獸道》集內。其中最有成就的，是描寫地方政權的官吏雜役和舊式軍隊為害民眾這兩大類題材。前者的佳篇有〈丁跛公〉、〈代理縣長〉；後者的佳篇有〈兌手〉、〈獸道〉和〈在祠堂裏〉。這些作品，體現作者運轉現實主義的筆觸，毫無裝腔作勢之態，盡是步武扎實之姿，深刻而獨特地展示了一個令人怵目驚心、扼腕長嘆的人獸兼雜的鄉村鄉鎮社會，從而反映出中國宗法制農村的真實面貌。而他的長篇《淘金記》、《困獸記》、《還鄉記》與短篇《在其香居茶館裏》更是達到了他小說藝術的高峰。我們讀罷他的三記，真是驚異他對四川農村生活之描寫的豐富與開闊。抗日戰爭爆發，是艾蕪小說創作上的轉捩點。他原先那支多寫滇緬風光人情的生花妙筆，轉而寫祖國中南和西南那種憂患如鉛、悲憤若火的山區鄉鎮，筆致也減弱了原先浪漫主義的抒情韻味，轉向現實主義的世俗剖析。他的《江上行》，在一船之內、兩三天之間，從容地展示了抗戰初期形形色色的人物和豐富複雜的社會思潮，從而形成了一個小小的流動而又完整的世界，的確獨具匠心。他的小說集《萌芽》、《秋收》如果說有清新明麗的田園味，那麼小說集《荒地》、《黃昏》中的大部分作品，已是辛酸的揭露和明快的嘲諷。他著名的長篇《故鄉》，其描寫之廣闊、矛盾糾葛之複雜都是罕見的。小說淋漓盡致地畫出那種抗戰官僚的形相，筆墨酣暢地寫出城鄉上層那種勇於

私鬥、不顧民族安危的爭奪，顯示出中華民族在這個歷史時期的沉重悲劇性。艾蕪的社會批判意識極為強烈。短篇集《煙霧》、中篇小說《鄉愁》，寫的依然是山區農村的苦難、仇恨和憤怒，但其社會剖析和批判色彩卻是嚴峻和沉重的。那麼社會剖析派小說的共同藝術特點是什麼呢？我認為主要有三點。

第一，再現生活，剖析社會。社會剖析派要求作家對現實生活「從社會的總的聯帶關係上作全面的觀察」，他們作品中的描繪的生活內容與人物關係，往往是現實社會的某種模擬或縮影。茅盾說：「文藝作品是要反映『真實的人生』的。然而一篇文藝作品只能把片段的人生描寫了進去。這片段的『人生』或者代表了『全體』，那就是社會生活全體的縮影；這樣的作品就可說是『真實人生』的反映。」（〈螞蟻爬石像〉）這種「縮影」的寫法，在社會剖析派作家那裏是經常被採用的。《子夜》是上世紀 30 年代上海大都市的整體全貌式的再現。《一千八百擔》、《陶金記》、《故鄉》通過各自的藝術內容，再現了中國農村濃重的封建性、腐朽性以及由此而來的尖銳矛盾。社會剖析派縮影式的寫作，其根本意圖和側重點在於向讀者剖示中國社會的性質。他們用社會科學的觀點觀察社會，得出了中國社會性質的明晰判斷。如茅盾經過觀察，在《子夜》、《林家鋪子》、《春蠶》等一系列的小說中，明確地回答了中國社會的性質，依然是半封建半殖民社會。吳組緗在《一千八百擔》、《天下太平》、《樊家鋪》等一系列作品中，同樣貫穿了一條回答中國社會性質的線。他認為，中國農村面臨破產，這不是偶然的，也不是農民自身的原因，而是外國資本主義加緊對中國經濟入侵的結果。沙汀在《陶金記》、《在其香居茶館裏》等一系列小說中，同樣得出了，中國農村依然是封建勢力盤根錯節的黑暗王國，在那裏開礦、辦民族工業實在不容易。社會剖析派的剖析結論是正確的，而且也是深刻獨到的。受其影響，當時寫農村破產、豐收成災的小說特別多，有名的如葉聖陶的《多收了三五斗》、葉紫的《豐收》、夏征農的《禾場上》、蔣牧良的《高定祥》等都應該說是社會剖析派影響所結的

碩果。當然,這種再現生活剖析社會的寫作是有點風險的,一般初學者,如果理論與生活的關係處理不當,從理論出發還是從生活出發不明確,那麼小說就可能社會學化或者產生某種概念化。不過,社會剖析派的作家都是從生活觀察體驗出發,並非社會理論的詮釋,因此,藝術上他們都取得了成績,在中國現代文學史上有著突出的地位。

第二,經濟切入,悲劇命運。社會剖析派小說在剖析社會時,多半從經濟衰落切入。在《子夜》中,民族資本家吳蓀甫雖然精明強幹,但在以金融買辦資本家趙伯韜為代表的帝國主義經濟勢力壓迫緊逼之下終遭慘敗;《林家鋪子》中林老闆兢兢業業,但農村的破產、農民購買力的衰減,以及戰爭的影響、官府的敲詐、同行的排擠,使他的鋪子終於倒閉;《春蠶》中老通寶雖然蠶花豐收,但外貨傾銷導致民族絲織業瀕於破產,養蠶人隨之折本負債,豐收成災。茅盾這三部作品分別表現了都市、城鎮和農村民族經濟的狀貌。這些作品相互補充、相互闡發,構成了中國上世紀 30 年代的經濟全景圖。茅盾小說在描寫經濟困窘時,已涉及社會倫理道德觀念的嬗變,而吳組緗把這種變化推向前臺。在《一千八百擔》中我們看到了農村宗法制度近乎崩潰,幾千年來「以農為本」的觀念也開始動搖。《天下太平》中大半生安分守己的店員王小福因失業生計無著而淪為盜賊。《樊家鋪》中線子嫂的母親全無骨肉親情,不肯出錢搭救女婿後,線子為弄錢救夫而終於殺母。導演這一幕一幕悲劇的恰恰全是經濟。社會剖析派作家善於表現經濟壓迫下人物性格和心靈的扭曲,使人物的命運永遠逃不過覆滅的悲劇結局。但這種悲劇命運正是由於社會客觀存在的經濟規律所致。吳蓀甫、林老闆、老通寶、王小福等人的悲劇,其原因主要敗於某種經濟勢力,故事中的政治、文化因素起的只是推波助瀾的作用。這裏說明的就是經濟基礎決定上層建築、決定人的思想道德意識這個道理。

第三,橫斷面結構,客觀化描寫。社會剖析派作家經常採用截取橫斷面的方法來結構作品,而將作者的感情傾向盡量隱蔽在生活的客觀化描寫之中,這是他們運用現實主義方法的顯著優點。由於截取了

橫斷面，把寬廣豐富的內容集中到一個斷面中，通過有限的時空加以客觀化的描寫，因此，藝術上就要求相對嚴謹和精緻，表現上要求朝深處開掘，而且更加要求寫好客觀的場面和對話。社會剖析派的代表作，幾乎都顯示了這方面的藝術長處。《子夜》所描寫的時間前後不過兩個月，故事縱的方面只以吳蓀甫一場發展民族工業的奢侈惡夢為線索，而橫的方面牽連了許多紛繁的頭緒，從而表現出波瀾壯闊、五彩繽紛、險象叢生、氣象萬千的社會畫卷。而吳組緗的《一千八百擔》、《樊家鋪》也是採用橫斷面為主的寫法。艾蕪的長篇小說《山野》在結構方面、在橫斷面運用方面也很成功。沙汀的《在其香居茶館裏》運用橫斷面更為出色。截取橫斷面來再現生活、解剖社會這一特點，常常與感情傾向的隱蔽相聯繫。沙汀說：「我在創作上長期傾向於現實主義，喜歡寫得含蓄一些，自己從不輕易在作品中流露感情，發抒己見。」（〈關於《許茂和他的女兒們》的通信〉）茅盾更是喜歡隱去作者自身的態度，盡力做到「客觀」的描寫。然這種「努力克服著自己的主觀感情」的做法，遭到了當時左翼一些人士的批評，茅盾、吳組緗、沙汀等社會剖析派被誤認為「客觀主義」而進行批判。其實，這些作品的政治傾向都很鮮明。儘管作品本身可能有缺點，但「客觀化描寫」並非是「客觀主義」。在當時這些批評裏，既有左傾思潮的影響，然不同流派之間的見解不同更為主要。到了今天，我們當然絕不能把流派的特點當作缺點來看待了。

第十三章　象徵詩派

　　象徵詩派是中國現代主義文學中第一個流派。象徵主義於 19 世紀末興起於法國。先驅者是波德賴爾，此後有魏爾倫、瑪拉美、韓波等發表一系列象徵主義的詩歌，奠定了象徵主義的美學基礎。1886 年 9 月 15 日，巴黎《費加羅報》發表了讓・莫雷阿斯的〈象徵主義宣言〉，對這一流派的創作原則做了闡述，強調屏除說教、虛假的感情和客觀的描寫，要求探求內心的最高真實，把物我之間隱祕的象徵關係表現出來。20 世紀 20 年代，象徵主義潮流由法國向世界傳播，成為風靡一時的國際性文學思潮。當初中國正在「五四」運動前後，《新青年》、《新潮》、《少年中國》等報刊也開始翻譯和介紹象徵主義詩歌和理論。例如 1915 年，陳獨秀在《歐洲文藝史譚》中就涉及到了象徵派作家梅特林克、霍普特曼。《少年中國》在「詩學研究專號」上，吳弱男、李璜、田漢、周無等人先後譯介了波德賴爾、魏爾倫、瑪拉美、耶麥等人的作品。茅盾在《小說月報》上發表的〈小說新潮欄宣言〉、〈我們現在可以提倡表象主義的文學麼？〉，簡要地介紹了象徵主義文藝，闡述對象徵派文藝應持的態度。劉延陵在《詩》刊上發表的〈法國之象徵主義與自由詩〉一文，較全面地介紹了法國象徵派和波德賴爾的詩作。這些材料，說明中國象徵詩派未形成之前，新文學運動的啟蒙者已勾勒了西方象徵主義的基本輪廓。與此同時，象徵詩的創作也萌芽。胡適的〈鴿子〉、周作人的〈小河〉、劉半農的〈敲冰〉、沈尹默的〈月夜〉、周無的〈黃蜂兒〉、田漢的〈黃昏〉都是接受了法國象徵主義詩歌影響而寫成的。不過當時新詩創作主要是配合「五四」反帝反封建鬥爭，象徵詩與浪漫詩、自由詩並無明顯鴻溝，而是相互滲透融合的。

在郭沫若的浪漫詩歌中，〈死的誘惑〉、〈白雲〉、〈夕暮〉等都帶有象徵主義色彩。魯迅的詩作〈夢〉、〈愛之神〉受象徵主義影響也顯而易見。但是，當時並未形成象徵詩派。

中國象徵詩派的開創者是李金髮。他留學法國時，深受法國象徵主義影響。1923 年，寫成詩集《微雨》，接著又寫成《食客與兇年》和《為幸福而歌》兩本詩集。1925 年至 1927 年，他的三本詩集先後在國內出版。《微雨》出版後，震撼詩壇，有人稱李金髮為「中國詩歌界的晨星」，是中國的魏爾倫、東方的波德賴爾。於是出現了一批象徵派詩人。其中有創造社的三位詩人，王獨清、穆木天、馮乃超。其他還有馮至、石民、梁宗岱、于賡虞、邵洵美、胡也頻、姚蓬子、侯汝華、林英強等人，受這一思潮的影響或直接取法於法國象徵主義而從事象徵詩的寫作。儘管這些人後來的發展變化互不相同，但在當時的確同李金髮一起形成了中國的象徵詩派。然需要說明的是，中國象徵詩派是一個流動鬆散的藝術流派，既未結成社團，也無綱領宣言，更少刊物園地。這些經歷、性情駁雜的詩人也並非都推崇李金髮的詩。只是由於在審美趣味、藝術取向、心靈感應上不約而同地產生共鳴，才漸漸形成流派的。

象徵詩派的興起，與白話新詩的現狀有關。當時中國詩壇處在白話新詩現實主義的氛圍之中，一批詩人對它存在的「晶瑩透徹得厲害了，沒有一點朦朧」，缺少「餘香和回味」的弊病不滿，表示要用比、興的辦法，使其發生新的變化。而認為「興」即是西方的象徵。（周作人：《揚鞭集・序》）郭沫若也認為真正的文藝，是極豐富的生活由純粹的精神作用昇華過的一個「象徵世界」（〈批評與夢〉）。象徵主義否定現實主義對外部世界的機械模仿，提出表現內心世界，提出詩「是個人靈感的記錄表」；象徵主義同時又反對浪漫主義習於狂叫直說、坦白奔放的做法，他們不滿過分的感情宣洩和缺乏深沉含蓄的詩歌。表示追求詩的「幽深，晦澀和涵蓄」，要從意象的聯結中完成詩的使命。象徵詩派又與新月派追求「新音節新格律」的觀念不相同。正如朱自

清所說：「李金髮先生等的象徵詩興起了。他們不注重形式而注重詞的色彩與聲音。他們要充分發揮詩的暗示的力量；一面創造新鮮的隱喻，一面參用文言的虛字，使讀者不致滑過一個詞去。他們是在向精細的地方發展。」（〈詩的形式〉）那麼象徵詩派要向什麼地方發展呢？概括起來有三方面。

　　首先是詩的情感方面，象徵詩派向著感傷、空虛與頹廢方向發展。李金髮說：「藝術是不顧道德，也與社會不是共同的世界。藝術上唯一的目的，就是創造美；藝術家唯一的工作，就是忠實表現自己的世界。所以他的美的世界，是創造在藝術上，不是建設在社會上。」（〈烈大〉）穆木天說：「我們的要求是『純粹詩歌』。我們的要求是詩與散文的純粹的分界。我們要求是『詩的世界』。」（〈譚詩〉）他們強調表現的「內心世界」，大多是關於愛情與美的追求和幻滅，異國屈辱與思鄉情緒，人生無常的喟嘆與自然神祕的感悟。象徵詩派的這些思想特徵所表現的是知識份子遠離生活與時代的內心空虛、感傷和孤寂，有濃厚的消極頹廢厭世的情調。李金髮內心那種「一切的憂愁／無端的恐怖」（〈琴的哀〉）。〈風〉給他「臨別之傷感」，〈雨〉給他「遊行所得之哀怨」，生命是「死神唇邊的笑」（〈有感〉）等等。說明李金髮率先把象徵主義的醜惡、死亡、虛無、恐怖的主題引入詩中，從波德賴爾、魏爾倫、瑪拉美等人詩中感應世紀末的病態心理，學來了人生痛苦的摹擬和無名的憂愁沉吟，唱出了感傷者之歌。於是讀李金髮的詩讓人好像在撫拭一具僵屍或走進一座冰窖。王獨清的詩集《聖母像前》、《死前》、《威尼市》，唱的是一個沒落飄零子弟內心的輓歌和悲哀，他對於過去的沒落貴族的憑弔，對於現在都市生活之頹廢享樂的陶醉，都是如此感傷、失落。穆木天飽嘗人生的苦味，內心充滿困惑、迷惘，其詩集《旅心》那種漂泊異國的淒苦、憂鬱是如此的明顯。馮乃超的《紅紗燈》，歌詠「頹廢、陰影、夢幻、仙鄉」，朦朧地照出了「現實的哀怨」、「傷痛的心瘁」。姚蓬子的《銀鈴》、胡也頻的《也頻詩選》、石民的《良夜與惡夢》，一般都充滿了悲苦淒哀的色調。總之，象徵派詩歌雖不乏積極之

作，但都充滿了對人生厭倦和絕望情緒。充斥在他們大部分作品之中的，是對死亡的顫慄與謳歌、病態的呻吟與歡樂、寂滅的感嘆與祈求，這雖然是「現代」情緒的反映。但是現代人一種頹廢心理的反映。

其次是詩的風格方面，象徵詩派向著朦朧、晦澀與怪異方向發展。象徵派詩人大都排斥理性，強調表現變幻不定的內心情感、剎那間的感受情緒，表現夢幻和直覺。非理性的幻想和直覺本身就很曖昧模糊，再加上象徵手法的朦朧含蓄，就勢必造成意旨的撲朔迷離和晦澀難解。這是他們的一種美學追求。法國波德賴爾說：「美是這樣一種東西：帶有熱忱，也帶有愁思，它有一點模糊不清，能引起人的揣摩猜想。」（《隨筆・美的定義》）於是他們提出了「朦朧」的藝術手法，要求打亂一切感覺，把不同意象混合起來，以顯示人的神祕精神狀態，最大限度地表達人的朦朧心境。瑪拉美提出「晦澀」的理論，認為詩的妙處在於猜測它的含義，「詩永遠應當是個謎」（〈關於文學的發展〉）。李金髮特別推崇虛幻飄渺、朦朧晦澀的詩歌風格，他反對詩主題和語言的明確性。他認為詩的朦朧就是「不盡之美」。而朦朧，就是將萬物僅顯露一半，使「萬物都變了原形」，「看不清萬物之輪廓」，出現「暗影」，而具有「神怪之夢及美」（〈藝術之本質與其命運〉）。或者說朦朧是含蓄、模糊與晦澀的融合。（〈序林英強的《淒涼這街》〉）。穆木天、王獨清也推崇朦朧。穆木天的〈譚詩〉反覆強調「詩要暗示」，「詩最忌說明」，他說：「在人們神經上振動的可見而不可見，可感而不可感的旋律的波，濃霧中若聽見若聽不見的遠遠的聲音，夕暮裏若飄動若不飄動的淡淡光線，若講出若講不出的情腸才是詩的世界。」王獨清的〈再譚詩〉在推崇朦朧的同時，強調作者不要為作而作，「須要成為感覺而作」，讀者也不要為讀而讀，「須要為感覺而讀」。所謂「為感覺」，也就是排斥理性，任其自然，要求詩意的流動性、不確定性和神祕性。象徵詩派為追求朦朧怪澀，往往採用隱蔽曲折的象徵、暗示手法，以不同於常規的方式對意象進行排列組合，造成詩的朦朧神祕氣氛。例

如李金髮的〈律〉：月兒裝上面幕／桐葉帶了愁容／我張耳細聽／知道來的是秋天／樹兒這樣清瘦／你以為是我攀折了／他的葉子麼？」李金髮這裏劈開了習慣的思維，只選取了雲與樹這兩個自然景物，賦予這些無生命的景物以有生命的性格，這裏的描寫不單單是移情於物，而是有多層內涵的象徵載體。在「月兒裝上面幕／桐葉帶了愁容」這兩句詩裏，所蘊含的內容就不僅僅是自然時序的變化，還包含了作者對人生世事滄海桑田之感的觀察和思考。接著「我張耳細聽／知道來的是秋天」。如果前兩句是訴諸視覺的意象，那麼這兩句應該是訴諸聽覺的直白。這裏明顯寫的是秋風，卻不見「秋風」字樣，而以詩人聽覺動作的描寫代替了，比直寫秋風更顯出一種蘊蓄的味道和天真的情趣。而且詩人將自己的主體置於這秋聲圖的中心位置，既增強了抒情的親切感，又把人與自然的契合統一了起來。秋天到來，樹木消瘦，本來是自然的不可抗拒的規律，可是第二節「你以為是我攀折了他的葉子麼？」這一無須發問的反問，給詩增加了無限的想像空間。沿著原來的心理朦朧感，又增添了沉重的悲哀。李金髮的其他詩，如〈棄婦〉、〈琴的哀〉等也都是採用象徵手法。在「棄婦」、「琴音」、「微雨」和詩人的自我之間融為一體，具有一種朦朧感的特色。儘管李金髮的詩，最初引來的是一片責罵聲，「為人厭棄」（劉西渭〈《魚目集》——卞之琳先生〉），可傳統性的審美偏見終究抵擋不住象徵主義新異的魅力，造成了「許多人抱怨看不懂，許多人卻在模仿著」的局面。（朱自清《中國新文學大系詩集導論》）

　　第三是詩的藝術法則方面，象徵詩派向著精細、新奇的方向發展。李金髮主要從事象徵詩創作，對象徵詩沒有從理論上加以全面系統闡明。而穆木天、王獨清則為象徵詩的藝術理論建設做出了嘗試性開拓。穆木天在〈譚詩〉中說：「我希望中國作詩的青年，得先找一種詩的思維術，一種詩的邏輯學。」他說：「用詩的思考法去想，用詩的文章構成法去表現，這是我的結論。」很明顯地，他強調「以詩去思想」，就是對早期白話詩散文化的弊端的矯正，完全劃清了詩歌與散文的界

限，顯示出對詩歌本體的自覺意識。他強調詩對世界感知方式和表達方式的獨特性，強調詩對世界把握方式的藝術化，正是象徵主義美學原則的概括。那麼他提出的「詩的思維術」、「詩的邏輯學」和「詩的構成法」的內涵是什麼呢？我將做簡略介紹，以說明象徵詩派的藝術法則。

「詩的思維術」。波德賴爾有個「契合」理論。他認為自然與人之間、人的各種感官之間、自然的萬物之間，相互有著隱祕的、內在的、不可言明的「對應」、「契合」關係。世界上的一切事物都相互感應、滲透、互為象徵。因此，詩不是明白的解釋和描述，也不是一種情感的直接表現，而是強調外界事物是內心世界的象徵。而中國象徵詩派提出「詩的思維術」，就是受「契合」理論的啟發，因不滿意傳統的認知方式和審美方式而提出來的。他們不再讓詩的情緒平展暢直、一瀉無餘，而追求形象的創造、意象的呈現、間接含蓄的表達。這就必須借助於象徵和暗示的藝術方法。在西方象徵主義者看來，萬事萬物都是「象徵的森林」。所以用有聲有色的物象來暗示、烘托詩人內心世界的感受和印象，是象徵派詩歌重要的表現途徑，即所謂「客觀化原則」。例如李金髮的〈棄婦〉一詩，就是運用內在精神客觀化的原則。其情緒內聚，通過客觀對應物的象徵，以幅射裂變的方式爆發出來，把一種複雜的高度抽象的情感暗示出來，產生強大的力度，震撼人心，使抽象無形的情感化為有形的象徵物，從而表現詩人「最高的真實」。「棄婦」的形象其實就是詩人內心世界的外化，是詩人思想的客觀對應物。由於詩人的情感與客觀對應物之間有著若隱若現、若斷若續的對應關係，這就賦予詩作以象徵意義及朦朧含蓄的美。至於暗示也是象徵主義詩歌的本質特徵之一。波德賴爾稱詩是「富於啟發的巫術」。瑪拉美也說詩「就是叫人一點一點地去猜想，這就是暗示，即夢幻」（〈關於文學的發展〉）。而穆木天受其啟迪，也提出了「詩是要暗示的，詩最忌說明」。「用有限的律動的字句啟示出無限的世界是詩的本能。」（〈譚詩〉）可見他們主張以暗示的思維方式去表現詩人瞬間的印象、飄忽的

幻覺、不可捉摸的思緒，以構成一個可供讀者想像的暗示物。例如馮乃超的〈紅紗燈〉以森嚴的殿堂為背景，描繪寒氣森森的殿堂深處，一盞微明微暗的紅紗燈，構成一種極為神祕朦朧的象徵性氛圍，以暗示森森暗夜中的微茫希望。李金髮的〈有感〉以頹廢的觀念審視人類的生命價值，詩人沒有採取直接陳述的方法，而是用了一連串的暗示性的形象和意義朦朧的語言來表達自己痛苦的思考。詩人在「死神」和「生命」之間尋找某種聯繫，創造了「死神唇邊的笑」這一新奇的意象，以此暗示一個頹廢的徹悟，即人生短促，時光不再。由此可見象徵與暗示在詩歌藝術思維中的地位，一方面讓讀者在欣賞過程中有充足的想像空間和能動作用，另一方面顯然也標誌著新詩藝術規律上的一種深化。

　　「詩的邏輯學」。象徵詩派的創作方法是非理性的。非理性的創作方法在詩歌形象體系和審美外觀上打破了傳統理性的習慣和邏輯，而出現了一種陌生化的審美特徵。這種陌生化雖然導致了詩的艱澀難懂，但也因此而強化了詩歌情意的深度和形式的奇特豐富。由於他們追求語言的陌生化和技巧的新奇化；追求句法的複雜、語義的多重和詞語搭配的錯位；追求技巧的變異與怪誕，因而其詩在邏輯上出現大量的省略、跳躍、通感，遠取譬和意象的奇接，以有意識破壞正常的思維邏輯和通常的自然秩序及常規的語法，達到詩歌的「暗示能」最大化，使讀者對日常認知的世界產生更加新奇的感受。這就是象徵詩派所稱謂的「詩的邏輯學」。這裏的所謂跳躍省略，實際上就是「不固執文法的原則」（蘇雪林〈論李金髮的詩〉）。在象徵主義詩人那裏，傳統的時空邏輯不存在，詩的目的不在寫物，而在寫「心」，「心」的情感是沒有時空邏輯限制的，因此象徵詩不存在結構上的完整統一性，它是由一些心理象徵物的碎片構成的。於是在語言結構上跳躍、零碎，句與句之間、節與節之間幾乎省略了任何的過渡橋樑，造成種種無序狀態。這種省略方式，打破了傳統詩歌的起承轉合，不僅題目不必與詩情有黏著關係，就是一些意象或詩句也不必有連貫性，就此打破了

語法邏輯的規範。李金髮的〈棄婦〉就是有代表性的詩作。在他那些
字面意義與內涵有很大距離、在那些不合常理的辭彙搭配之中，如果
我們征服了閱讀上的障礙，就會體會到一種深藏著的情理，理解棄婦
悲哀絕望的心境。這裏的所謂通感，實際上是中外古今都有的一種詩
歌藝術技巧。而象徵主義把它推到極端。在他們看來，不同感覺之間
有通感。詩人可用混合一切感覺的方法，把自己的體驗翻譯成超驗世
界的象徵，成為通感的意象；詩人應擁有通感的秉賦，能夠發現存在
於各種事物之間的類比關係，並且以本能的節奏創作出足以貫通任何
感覺的詩的文字。因此，他們常將官能感覺的順序交錯，使各種感覺
相互交叉挪移，讓顏色有聲響、讓聲音有形象、讓氣味有稜角，打通
了視覺、聽覺、觸覺、味覺之間的界限，互相溝通，發生共鳴。例如
李金髮的〈夜之歌〉。「粉紅之記憶，如道旁朽獸，發出奇臭」，他把記
憶與顏色相溝通，又把記憶與氣味相溝通，從而表達那種因愛情失望
而所引起的痛苦。這裏所謂的「遠取譬」，實際上就是象徵詩派十分注
意的新奇比喻。「遠取譬」，不是一般的「近取譬」。「近取譬」是指在
相近或相似的事物中構造比喻關係，而象徵詩派的「遠取譬」從根本
上改變了比喻這一古老的修辭手法的結構關係。它是在兩個本質上不
相同的事物間尋覓一個暫時的相同點，從而將相隔最遠的東西出人意
外地扭到一起，也就是在普通人以為不同的事物之間構成比喻關係，
在沒有聯繫的事物之間找到一種契合。例如「我的靈魂是荒野的鐘聲」
（李金髮〈我的〉），這一句詩中的靈魂痛苦與鐘聲有什麼相干？似乎
兩者之間沒有關係，然細細思索就會領悟到，靈魂本是虛的，而借助
荒野的鐘聲這個喻體，反而使靈魂具體化了。因此這一「遠取譬」恰
恰是空虛的靈魂的最真切的具體呈現。又如以野獸之蹄喻女人之心
（〈巴黎之囈語〉）；把溫膩的輕紗比作山崖間小羊的叫聲（〈詩人凝
視〉）；把生命比作「死神唇邊的笑」（〈有感〉）。這些「遠取譬」不單
指比喻的奇特，還指它所比的不是實在之物，而是捉摸不定的感受。
象徵詩派視比喻為他們的生命，其感覺和情感完全是靠比喻暗示出來

的。這裏的所謂意象的奇接，實際上就是追求意象的奇詭神祕。他們有意把一些表面上並不相關的觀念或事物羅織在一起，採取「觀念聯絡的奇特」手法，從一個意象跳到另一個意象，以增強詩歌形象的內在活力和彈性。例如李金髮的〈夜之歌〉在不長的篇幅中排列出十餘組跳躍性很大的意象，每組意象間的聯繫也被省略了，在詩歌情感和意象之間開拓出一片廣闊的想像空間，讓讀者自己去創造、想像。馮乃超的〈消沉的古伽藍〉、姚蓬子的〈酒後〉都是以單個意象的聯絡、奇接，營造詩的想像天地，增強詩語密度和詩情濃度的。當然這種意象的奇接並非是無拘無束的，它往往是受到詩的情緒線的內在控制，使其構成一首完整的詩。

「詩的構成法」。穆木天在〈譚詩〉中提出「詩的統一性」和「詩的持續性」兩個概念來表明他關於詩的整體構成觀。他針對當時一些詩「粗糙」、「平面」的散漫無序狀態，提出「詩要兼造型與音樂之美」，即把統一性（造型）與持續性（音樂）結合起來，要求詩歌成為「一個有統一性、有持續性的時間的律動」；「立體的、運動的，在空間的音樂的曲線」；「一切動的持續的波的交響樂」。王獨清在他的《再譚詩》中，提出了理想詩歌藝術構成模式：「（情＋力）＋（音＋色）＝詩」。他對此說得十分明白：「我很想學法國象徵派詩人，把色（Couleur）與音（Musique）放在文字中。」音樂性在象徵詩裏佔有很重要的地位。他們把每個詞當作一個音符，把一首詩當作可以演奏的樂曲。他們認為寫詩就是發聲和著色，因而賦予詞以聲和色的特殊功能。他們發現音樂與繪畫有奇妙的暗示功能，能與人的精神活動天然契合，最能展示精神的律動和流姿。所以當他們那種神祕的內心感受很難用明晰、確定的文字加以表現時，就用音樂和繪畫來傳導。音樂與繪畫在他們那裏，成為心靈無聲的語辭。從音樂美來說，象徵詩要求「詩的律動的變化得與要表的思想的內容的變化一致」（〈譚詩〉）。從繪畫美來說，象徵詩要求表現光亮色彩的協調。這種音、色感覺的交錯，在心理學上叫做「色的聽覺」，在藝術上即是所謂「音畫」。（〈再譚詩〉）李金髮

的〈里昂車中〉巧妙捕捉車廂內外色彩、聲音、光亮的瞬間變化和印象，呈現為光、影、音閃爍不定的朦朧美。他的〈律〉、〈故鄉〉等詩也不失為音色相融、節奏整齊的佳作。上述三點藝術法則是對中國象徵詩藝術特徵的切割分析。其實，他們這些詩藝技巧在詩作中是整體地綜合地運用的，很難說清具體使用了哪些方法。何況象徵詩派中的個人在藝術探索中各有程度的差異。不過，他們在詩歌表現技巧方面的大膽有趣的實踐，卻大大地豐富了詩歌的經驗，顯示出中國詩歌從傳統到現代的演變過程。

誠然中國象徵詩派存在著嚴重的缺陷。首先表現為詩歌內質的貧弱。他們那感傷、頹廢與神祕的情感特徵雖然與西方象徵主義有相通的一面，但他們缺乏西方象徵主義那種直面慘澹人生的大勇者氣魄和透過天堂洞察地獄的犀利目光。因此，在中華民族血火搏戰的時代缺少批判精神。同時，這種內質的貧弱還表現在哲理意識的匱乏。西方象徵主義一般都具有哲理內涵，而中國象徵詩派的注意力主要在詩藝的移植上，而對於哲理的開掘用力不夠。中國象徵詩派的缺陷還表現在對法國象徵詩歌意象的大量照搬與雷同。這些雷同意象脫離了民族語言和文化的母體，就較難能夠形成具有鮮明藝術感染力的藝術境界。1928 年，戴望舒的〈雨巷〉等詩作出現，努力改造了象徵詩派的詩風，逐漸形成了現代詩派，把中國詩歌創作又推向了一個新階段。

第十四章　現代詩派

　　現代詩派是 30 年代初，以《現代》雜誌為中心形成的一個詩歌流派。《現代》文藝月刊創刊於 1932 年 5 月，每卷六期，初由施蟄存主編，從第 3 卷第 1 期起到第 6 卷第 1 期，署施蟄存、杜衡合編。自第 6 卷第 2 期起由汪馥泉編輯，改為綜合性的文化雜誌，出了二期就停刊了。《現代》文藝月刊是現代書局老闆洪雪帆、張靜廬委託「不是左翼作家，和國民黨也沒有關係」，「有過辦文藝刊物的經驗」的施蟄存創辦的。它是一個標榜「中立」、兼收並蓄、帶有自由主義色彩的文藝雜誌，曾得到作家們的廣泛支援。作者陣容較複雜，其政治傾向、美學觀念、思想情趣各不相同。但是編者的愛好與主觀標準的隱匿支配，這本以非同人化標榜的《現代》，卻在不經意間形成了一個總體傾向，使大多數作品都飽具著新鮮態勢與先鋒意識，積淀起一種內在的現代主義情結。具體來說，就是較多地刊載現代主義風格濃郁的詩歌作品。在刊物上頻頻閃光的有戴望舒、卞之琳、何其芳、廢名、莪伽（艾青）、侯汝華、李心若、林庚、陳江帆、金克木、南星、玲君、路易士、徐遲、吳奔星、禾金、宋清如等人。他們在題材選擇、審美趣味、語言風格和藝術表現手法上都有相近之處。《現代》除刊載了許多介紹西方象徵派、意象派詩歌、詩人的理論文章之外，也發表了國內詩人、理論家寫的帶有現代主義理論色彩的評論，對發展現代詩派起著推波助瀾的作用。他們雖然沒有組織名稱出現，但以《現代》刊物為中心，形成了一支穩定的詩人群。1933～1934 年間，與《現代》遙相呼應的有北京卞之琳編的《水星》。而 1936 年，戴望舒邀請卞之琳、孫大雨、梁宗岱、馮至等詩人創辦《新詩》雜誌，繼續倡導純詩運動，把現代

詩派推向頂峰。與《新詩》創辦的同時或前後，有《現代詩風》、《星火》、《今代文藝》、《菜花》、《小雅》、《詩志》等刊物相繼問世。它們的助威使現代詩派繼續蔓延和拓展，漸入發展的鼎盛時期。其中出版了一批斐然的創作，如戴望舒的《我的記憶》、《望舒草》、《望舒詩稿》，林庚的《夜》、《春野與窗》，南星的《石像辭》，徐遲的《二十歲人》，何其芳的《預言》，卞之琳的《十年詩草》等。他們咀嚼心靈潮汐，潛心於藝術雕琢，呈現出朦朧婉約的藝術風貌。他們聲勢浩大，技藝成熟，使現代詩派蔚為壯觀。不過，文學無法選擇時代，而時代永遠選擇文學。1937 年，抗日戰爭爆發，《新詩》停刊。人們不再需要夜鶯般的歌唱與琴聲；一心吟唱的純詩，也無法顧及烽火的現實和歷史使命。於是這些純詩歌手的觀念發生了驚人的蟬脫和變化，潛伏於心中的愛國主義熱能奔發出來。戴望舒去香港參加救亡文化活動，何其芳奔赴延安，卞之琳也接受了延安洗禮。雖然現代詩派走向了消亡，隨後卻出現了七月詩派和九葉詩派，新詩的藝術道路又有了新的發展。

　　現代詩派的發展有著現代主義詩學的基礎。該詩派的核心人物，都發表了探討現代主義詩歌理論的文章，表現出相當的理論自覺。如戴望舒的〈詩論零札〉、杜衡的〈望舒草・序〉、施蟄存的〈又關於本刊的詩〉、梁宗岱的〈象徵主義〉、金克木的〈論中國新詩的新途徑〉等。這些理論與他們的創作實踐，形成了相輔相成、互利互補的關係。他們創作實踐甘苦自知的切身體驗，提供了一種美學經驗；而他們的理論認知，又為純詩藝術的探索奠定了堅實的基石，提升了創作實踐。現代詩派的詩學理論概括起來有如下三個方面。

　　一、主情主義，強調情緒在詩歌中的重要性。現代詩派崛起前，在詩壇上主要是兩類詩，即白話詩與新月詩。可是這兩者都程度不同地存在著忽視詩情、詩意、詩味的偏頗。現代詩派出於對這兩類詩的矯正，提出了表現現代情緒的命題。戴望舒〈詩論零札〉的核心思想就是強調情緒在詩中的重要性，十七則論述中涉及詩情的達九則之多。他主張「新的詩應該有新的情緒和表達這情緒的形式」，「詩當將

自己的情緒表現出來，而使人感到一種東西」。徐遲也認為詩的基本元素是要寫「實情實理」；林庚更坦言，詩的「內容永遠是人生最根本的情緒」（〈春野與窗自跋〉）。施蟄存在〈又關於本刊的詩〉一文中說得明白：「《現代》中的詩是詩。而且是純然的現代的詩。它們是現代人在現代生活中的感受的現代的情緒。」此處所之言「詩」，其涵義是指「純詩」，一種心靈化的藝術。此處所之言「現代情緒」，當指找不到出路的知識份子那種苦悶憂鬱的現代心理。一句話，主情主義明顯是現代詩派的核心觀念，這是因為現代詩派接受了後期象徵主義詩人瓦雷里創作中完全排除非詩情成分的觀念，特別講究情緒由實情向詩情的轉換，以心靈的融入與重組，使詩歌的內向化的心靈本質得以確立。戴望舒認為「新詩最重要的是詩情上的 nuance（法文：變異），而不是字句上的 nuance」，「詩的韻律不在字的抑揚頓挫上，而在詩的情緒的抑揚頓挫上，即在詩情的程度上」。戴望舒還受到意象派理論的啟發，講究詩情的變異豐富性，要求詩歌表現人的感情漣漪與細微的情緒，表現「神經系統的不明瞭的瞬間的感覺和心境」。而杜衡、施蟄存的理論更伸向潛意識表現領域，認為詩人寫詩，正如「一個人在夢裏洩漏自己的潛意識，在詩作裏洩漏隱祕的靈魂」（《望舒草‧序》）。金克木則主張現代詩人的任務是「表現都市中神經衰弱者的敏銳感覺」。他認為「將情緒化為形象方可成詩」。因此現代詩派一般不去描摹外在的生活，也不作凌駕於時代與現實之上的空洞抒情，而是不論面對新事物舊事物、雅事俗事，都能做心靈的觀照，賦予詩意的蘊含與色彩。而潛意識與感覺理論的滲入，又註定了現代詩派疏離時代風雲去表達自己的鬱悶愁苦的情緒。

　　二、追求朦朧美。朦朧是象徵詩派追求的美學原則。當初李金髮開拓象徵主義詩風，由於在借鑒西方詩藝時，模仿多於創造，致使朦朧變為晦澀難懂。而現代詩派在學習西方後期象徵主義、意象派理論之外，還大膽借鑒中國古代晚唐五代詩歌的經驗。西方象徵派詩講究朦朧，中國古詩也講究朦朧。劉勰提出過「隱秀」理論，司空徒則把

「不著一字，盡得風流」的朦朧作為最高境界。李商隱、溫庭筠那些精緻的詩詞，更有「意在言外」，頗多曲折蘊藉的朦朧之美。受中外詩藝的啟悟，現代詩派追求的美學目的，就是在直白與晦澀之間取一個仲介點，創造一種交合真實與想像，隱顯適度的半透明的朦朧美。戴望舒在〈詩論零札〉裏說：「詩是由真實經過想像而出的，不單是真實也不單是想像。」杜衡也認為「詩是一種吞吞吐吐的東西，術語地來說，它的動機在於表現自己與隱藏自己之間。」（《望舒草‧序》）施蟄存在答覆指責《現代》的詩讀不懂時說：「散文是比較樸素的，詩是不可避免地需要一些雕琢的，易言之，散文較為平直，詩則較為曲折。」現代詩派為了達到朦朧美的藝術理想，曾提出過多種創作的理論途徑，其中主要的有契合說和象徵說兩種。契合說是波德賴爾提出來的，他認為自然萬物與人的心靈存在著對應契合關係，大自然是主觀內心世界的象徵森林。主張以一個個堅實的意象符號，暗示與外物相對應的思想認識與感覺情緒。這種創作途徑在戴望舒的〈單戀者〉、林庚的〈春野〉、梁宗岱的〈晚禱〉等詩中都有明顯的存在，其情與景、意與象融成一片，達到物我兩忘的契合境界。象徵說。瑪拉美曾提出過「暗示才是創造」。中國古詩中也有「興」理論的傳統。現代詩派把詩歌創作看成是一種象徵行為，戴望舒提出「詩裏面感情的抒寫逐漸削減，具體的形象乃成為詩的主要生命」。主張以自然深層的律呂、聲色俱佳的對應物，象徵幽遠的心音，實現情思與外物的雙向交流，使抽象意蘊獲得感性寄託。如戴望舒的〈雨巷〉，艾青的〈病監〉都使用象徵手法，是情景交融的典型佳作。

三、創建自由詩體。施蟄存稱戴望舒的〈詩論零札〉「在青年詩人中頗有啟發，因而使自由詩摧毀了《新月》派的堡壘」。當時新月派主張新詩應該具有三美，即音樂美、繪畫美、建築美。而戴望舒的主張正好與它極端對立，說「詩不能借重音樂，它應該去了音樂成分」；「詩不能借重繪畫的長處」，「單是美的字眼的組合，不是詩的特點」；「所謂形式，決非表面上的字的排列，也決非新的字眼的堆積」。戴望舒開

宗明義，決心不再計較格律，講究外觀的整齊，而要擯棄華麗的辭藻。新月格律詩的提倡，對於匡正早期白話詩的那種散漫無序、情思氾濫的詩風是有功的。但新月後期詩的詞語雕琢、累於格律的蔽端已非常明顯，特別是「豆腐乾詩體」的極度膨脹，又一次限制了現代人豐富複雜又微妙細膩的心理表達。順應藝術發展與情感抒發的需要，現代詩派自然要衝破新格律詩的束縛，進一步放開詩的手腳，以詩情為骨架，呼喚一種新的自由詩形式的呈現。其他詩人也都紛紛撰文反叛新月派的「三美」理論。施蟄存說：「新詩研究者都不自覺地墜入西洋舊體詩的傳統中，他們以為應該是整齊的用韻法的，至少該有整齊的音節，這與填詞有什麼區別呢？」（〈又關於本刊的詩〉）他認識到了格律乃是新詩的桎梏以及要打破之的必要。杜衡、廢名等詩人都批評新月派「三美」的追求。儘管他們的論述姚黃魏紫，不盡相同，但有一點是相同的，那就是新月詩派的新格律已適應不了新詩發展的需要，應該創建一種理想的自由詩體。他們提出了精神大體一致的回答，即「在形似分行的散文中，同樣可以表現出一種文字的或詩情的節奏」（施蟄存《現代》雜憶）。「我們的新詩應就是自由詩，只要有詩的內容，然後該怎樣做就怎樣做」（廢名〈新詩應該是自由詩〉）。金克木認為絕沒有道理先用一個固定的形式套牢「自己的情緒」（〈雜論新詩〉）。杜衡更是肯定戴望舒自由化、散文化的追求，認為戴望舒創作了舒卷自如、淳樸自然的〈我的記憶〉之後，「找到了一條浩浩蕩蕩的大道」（《望舒草・序》）。可見現代詩派的詩人們都企圖棄格律就旋律，追求具有散文美的自由詩體，並在自己的創作中實踐了這種自由詩體。正如施蟄存在〈《現代》雜憶〉中所說，自由詩都是「沒有韻的，句子也很不整齊，但它們都有相當完美的『肌理』，它們是現代的詩形，是詩」。不過這裏要注意，如果把自由詩體與新月的音韻、節律完全對立起來，無疑會容易發生絕對化的理論偏頗。這是要避免的。

　　現代詩派創作的自由詩體有主情類與主知類的審美差異。主情類的詩以洩情為主要特徵，常在平凡事物中捕捉「情趣」，營造令人心迷

神馳的感受經驗世界。雖然它借助象徵、暗示等手法施放朦朧煙霧，但是這種傾向於心靈內斂的詩，還是容易辯認理解的。寫這一類主情詩的有戴望舒、何其芳、李廣田、南星、玲君、侯汝華等人。主知類的詩，大多以沉思為主，善於從瑣碎的一般事物中開拓「意趣」或「理趣」，表現出可意會不可言傳的深刻意蘊。這類詩時時存在的理性內涵與神祕玄思，並已超出日常感性的界限，所以有時難免不好把握。寫這一類主知詩的有卞之琳、廢名、曹葆華、林庚、金克木、徐遲等人。主情詩與主知詩同樣隸屬於現代詩派，同時馳名詩壇。但是在詩的意味狀態、想像形式、結構風貌等方面都有差異，顯示出不同的審美風格。主要表現在三方面。

首先是「情趣」與「意趣」的不同。主情詩與主知詩在意味內涵構成上同樣面對平常事物。可是前者偏重展示「情趣」，後者偏重開掘「意趣」。例如戴望舒與卞之琳的同題詩〈寂寞〉，就呈現出不相同的韻味。戴望舒由鄉下孩子的視角突然跳躍到「我」，其主觀情緒比較濃烈。因此他的寂寞是情種的寂寞。他先把寂寞具象化，寫它非但永存，而且「寄魂於離離的野草」，野草覆蓋著故園，秋風瑟瑟，已可沒人，故詩人嘆道「像那些可憐的靈魂，長得如我一般高」。其寂寞紮根於詩人「舊時的腳印」，腳印上長出了野草，心靈的寂寞之園卻仍然荒蕪，寂寞如此難以化解，令人悚然。最後詩人點破寂寞的實質和根源：「我夜坐聽風，晝眠聽雨，悟得月如何缺，天如何老。」詩人這裏借風、雨、月、天入詩，是點撥、解釋內心與自然之間的永恆關係。寂寞如斯，悟性如斯，若非情之所驅所使、情之所悟，誰有那麼大的興致，去野草離離的荒園呢！全詩充塞了一個「情」字。而卞之琳的〈寂寞〉，由鄉下小孩寫到進城操勞的一生歷程，平淡的敘述中寓意甚深。因此，他的寂寞是智者的寂寞。他只用八行詩寫出了一個鄉下孩子的一生。詩人用了兩個意象，一是蟋蟀，一是夜明錶，代表了孩子的不同生命階段，在第一階段裏，「枕頭邊養一隻蟋蟀」，寫盡鄉下孩子童趣童心，寫一種雖寂寞卻歡樂的童年。「蟋蟀」象徵著孩子的過去，代表著生命

的啟動，靈智的萌甦。緊接著「長大了在城裏操勞，他買了一隻夜明錶。」夜明錶的滴嗒聲，伴隨孩子那無盡的長夜，寂寞更為濃烈，揭開了人辭別童年之後，面臨艱辛人生的帷幕。「夜明錶」代表時間的流逝，故「死了三小時，夜明錶還不曾休止」。表明一個人走完自己的人生之旅，結束了寂寞的一生，又有無盡的人依然步其後塵。值得注意的是「墓草做蟈蟈的家園」這一句，把「墓草」與「蟈蟈」兩個意象為家園，唱盡不寂寞的歌，然結局卻是「墓草」。這是再明確不過的暗示，也是點破〈寂寞〉的主題，寫出了生命與死亡的距離。人生不過是充滿寂寞的旅程，寂寞與生俱來、隨死而去，有悲哀的智性內涵。

其次是情調象徵與哲理象徵的不同。主情類詩與主知類詩都將想像創造的象徵作為抒情言志的手段。但主情類常追逐情調象徵，給人一種情緒的激動；而主知類則擅長哲理象徵，從日常生活中淘洗智慧晶體，寄寓抽象哲理或玄思。兩者儘管都給人豐富無限的美感，都有形而上的意味，但主情類情感肺腑，主知類則啟人沉思。如何其芳的〈預言〉建構了一個象徵空間，「年輕的神」，美麗溫柔，「我」盼望她來臨表露自己的愛戀，可她「無語而來」，又「無語而去」，消失了「驕傲的足音」。這位女神是愛神的象徵。她無語的來去正是詩人由渴望到悵惘的愛情心態歷程的記錄。似真似幻、如歌如泣的流動，暗示了詩人暫短歡樂與無限悵惘的纏綿心曲。這裏神的人化和人的神化已統一融合為一種情緒，是對美麗、溫暖、光明的夢境世界的渴望與讚美，整首詩運用情調象徵，具有朦朧而不確定的特質，而「女神」正是這種情調涵蓋象徵的載體。戴望舒的〈雨巷〉也有類似的效能，「雨巷」是現實的存在，也是惆悵情思的象徵物。而艾青（莪伽）的〈燈〉，短短的八行詩，卻浸漬著另一種色彩。「盼望著能到天邊／去那盞燈的下面——／而天是比盼望更遠的！／雖然光的箭／已把距離／消滅到烏有了的程度／但怎麼能使我的顫指／輕輕地撫觸一下／那盞燈的輝煌的前額呢？」我們在這裏感到的是情感與智慧凝聚的明珠，在表面的感性圖像裏，想像捧出的是縝密的思考與哲理，它飽藏著一種亮色的

人生哲學。遠在天邊的燈，是太陽，是光明溫暖，是理想追求的象徵。而它所代表的象徵空間則傳達了身處逆境中的詩人對自由光明的渴望，更象徵著人類對理想境界的追求，儘管這個永無止境的追求是痛苦的，但它卻是人類向上的原動力。其他詩人如卞之琳的〈白螺殼〉、廢名的〈海〉、金克木的〈生命〉也都可看成哲理象徵的佳作。總之，情調象徵是性靈的音樂，哲理象徵是智慧的靈光，情調象徵多指向可感受的經驗世界，哲理象徵多為陌生的觀念世界。

再次是情態文本與意態文本的不同。主情類詩與主知類詩不僅在表現內涵及象徵的運用上有差異，而且在詩的結構上也不同。一般說來，主情詩近於情態文本結構，主知詩更近於意態文本結構。所謂情態文本結構是從精神到符號功能的一維線性結構，它的想像始終與對象的經驗性表象分不開，所以理解上很少歧義；而所謂意態文本結構是智性領悟的空間意指結構，它的想像已由經驗性象徵符號向超經驗性象徵符號位移，意指方式也由線性走向多維空間，有兩重或多向意指的大幅度區間，所以不容易被把握。戴望舒的〈雨巷〉是情態文本結構，寫的是「我」與「姑娘」間的關係，詩人的迷茫情感與江南雨巷的特有表象間交會進行。這種「我」與「姑娘」的關係結構使所有生成符號都獲得了基本正確的所指，「姑娘」至多包涵自身之外的「希望」語義，因此詩的意指對象比較容易把握。詩中出現的「太息一般的眼光」、「頹圮的籬牆」、「油紙傘」等都是雨巷中的具體表象，其中的隱喻容易理解。戴望舒的〈我的記憶〉、何其芳的〈羅衫〉，也是這種情態文本結構。而卞之琳的〈斷章〉是意態文本結構。它只有四行詩：「你站在橋上看風景／看風景人在樓上看你／明月裝飾了你的窗子／你裝飾了別人的夢。」這首詩曾引起歧異的理解。劉西渭開始解釋這首詩，著重「裝飾」的意思，認為表現了一種人生的悲哀。而卞之琳自己撰文說：「裝飾的意思我不甚著重……我的意思是著重在『相對』上的。」（〈關於《魚目集》〉）可見，詩的「言外之旨」是不能靠字面上的一兩句完全捕捉到的，它的深層內涵往往隱藏在意象和文字背

後。誠然如作者所言，〈斷章〉的主旨是表達形而上層面上「相對」的哲學觀念。其實，一首美麗的象徵詩，由於意態文本結構，意指的超經驗性、多指向性，而產生的理解完全可能是多樣的。詩會在讀者心裏永遠重生，人們可以憑自己的理解和想像，在這個小小的藝術世界中做一番遨遊，構建自己靈魂的海市蜃樓。卞之琳的〈圓寶盒〉也是這樣，每個人都可以有自己的閱讀答案，該詩傳達詩人的一種心得，其中既充滿悟性自由，又涵括著宇宙萬物相對的哲學思想。廢名的詩，如〈妝臺〉，具有禪家和道家的風味，讀者根本無法做出確切的情思定位。

主情類詩與主知類詩儘管有審美上的差異，但它們同屬現代詩派，共同有著朦朧美的風格。同時，現代詩派突破了新格律詩的形式樊籬，走向自由形式的旋律，不再堆砌豔詞麗句，用舒捲自如的生活化、口語化的語言工具，表達現代人日常生活的現代性的情緒，從而使詩升發出一縷自由精緻的散文美的希望曙光。從文學史角度來看，這明顯是一次更高意義上的進步。可惜的是我們在過去幾十年之間，對現代詩派的評價一直沒有走出毀過於譽的低調，甚至有時被視為「詩歌的逆流」，推向全面否定的極端。現在理應實事求是，還它一份歷史的清白，並承認它對中國新詩的發展所做出的不可替代的貢獻。

第十五章　新感覺派

　　新感覺派是上世紀 20 年代末、30 年代初出現的一個現代主義小說派別，其代表人物有劉吶鷗、穆時英、施蟄存、葉靈鳳等。運用西方現代主義創作方法寫小說，在「五四」時期就有了。魯迅的《狂人日記》、楊振聲的《磨麵的老王》、郭沫若的《殘春》、郁達夫的《沉淪》等都是成功的精神分析小說。陶晶孫的《木犀》在表現少年變態心理時，也運用了日本新感覺派的手法。林如稷的《將過去》還採用了意識流的方法。不過，這些富有現代主義色彩的作品，並沒有形成流派。他們只是偶然或部分採用現代派的表現技巧，這並不是他們創作中的主流。只有到了劉吶鷗、穆時英、施蟄存、葉靈鳳那裏，才形成中國第一個運用現代派手法創作小說的獨立的文學流派。這個流派的形成當然有它的特殊的時代條件作為背景。20 年代末，政治風雲的變幻，使受過「五四」新文化影響的知識份子隊伍內部發生著變化，有毅然投向革命的，也有逃避政治鬥爭、保持「中立」的。而迴避政治鬥爭的這一部分人兩無依傍，在時代的壓力和方向不明的處境中，產生迷茫和焦慮是必然的。而這種漂泊無定的情緒和感覺恰恰溝通了與西方現代主義思潮的脈胳。同時，這些現代知識份子敏銳地感覺到了上海那種突然膨脹起來的物質文明，對於中國傳統文化是一種殊死挑戰。而這種文化情景對於文學是全新的領域、全新的現實。如何表現這種最現代的都市生活和最現代的都市精神，就成為了新感覺派的文學使命。

　　新感覺派原先產生於 20 年代的日本。它誕生的標誌是 1924 年 10 月創刊的《文藝時代》。1924 年 11 月發表了評論家千葉龜雄的〈新感

覺派的誕生〉一文，提出了新感覺派的命名。其主要作家有川端康成、橫光利一、片岡鐵兵等十餘人。他們把西方出現的未來派、達達派、立體派、象徵派等都看成是新感覺派。拋棄現實主義、自然主義的的創作方法。川端康成說：「表現主義的認識論，達達主義的思想表達方法，就是新感覺派表現的理論根據。」（〈新進作家的新傾向解說〉）橫光利一在《新感覺論》中闡述他的主張，他提倡新的文學要以快速的節奏和特殊的表現為基礎，從理想的感覺出發去創造新的現實。他們的代表性作品有川端康成的《伊豆的舞女》，橫光利一的《頭與腹》及長篇《上海》等，1927 年，《文藝時代》停刊，日本新感覺派也即刻產生分化而衰落。

　　中國新感覺派小說是在日本新感覺派的影響下發展起來的。劉吶鷗 1925 年初自日本回到上海，入震旦大學法文班就讀，當時帶了許多日本新感覺派的書籍，而這些作品吸引、激奮了施蟄存、杜衡。於是他們一起在 1928 年創辦了「第一線書店」，並於 9 月出版了劉吶鷗譯的日本新感覺派小說集《色情文化》。同時他們還辦了《無軌列車》半月刊。《無軌列車》的政治傾向不明顯，在藝術上追求創新，相當熱衷於介紹日本新感覺派文學。當時恰逢曾給予日本新感覺派以較大影響的法國作家保爾・穆杭來華，《無軌列車》第 4 期發表了劉吶鷗譯的《保爾・穆杭論》，介紹他的生平和創作上的印象主義、感覺主義的特點。穆杭是 20 年代初的法國作家，他的作品《夜開著》、《夜閉著》以都市為中心，展現出都市所特有的喧鬧、繁忙、速度、色彩、享受，反映一次世界大戰後湧現的貪婪和肉慾。《無軌列車》1928 年底出到第 8 期後被當局查封。1929 年，劉吶鷗等人又開辦水沫書店。9 月，水沫書店開始出版《新文藝》月刊，施蟄存、徐霞村、劉吶鷗、戴望舒為編委。《新文藝》月刊曾受到馮雪峰的影響，因此，第 6 期起有了普羅文學的色彩。但其新感覺主義仍然濃厚。劉吶鷗的新感覺小說集《都市風景線》，施蟄存的《追》、《上元燈及其他》都由水沫書店出版。1930年春，穆時英在《新文藝》上連續發表〈咱們的世界〉、〈黑旋風〉和

〈獄嘯〉三篇有濃厚新感覺主義的小說，那時穆時英只有十七歲，被編者施蟄存所欣賞，說在意識形態上「固然是欠正確，但是在藝術方面是很成功的」（〈編輯的話〉）。時人稱他為「鬼才」的新星。可惜 1930 年夏天，《新文藝》月刊又被當局查封，新感覺派文學的發展受到抑制。1932 年 5 月，施蟄存出任《現代》雜誌主編，於是新感覺派作家再次集合起來，從而形成這個流派的全盛時期。這時期除劉吶鷗之外，穆時英逐漸成為新感覺派的幹將。他的〈夜總會裏的五個人〉、〈街景〉、〈本埠新聞記事欄廢稿中的一段故事〉、〈上海的狐步舞〉等小說都在《現代》上發表，引起文壇很大的反響。施蟄存說：「我覺得在目下的文藝界中，穆時英君和劉吶鷗君以圓熟的技巧給予人的新鮮的文藝味是很可珍貴的。」（〈社中日記〉）杜衡也很讚賞穆時英的創作，說他所用的「新技巧」都「相當成功」。《現代》還繼續介紹日本新感覺派的作品，如橫光利一、池谷信三郎等人的作品。1934 年 10 月，葉靈鳳、穆時英編輯的《文藝畫報》創刊。在這個刊物上，發表了穆時英的〈墨綠衫的姑娘〉、〈田舍風景〉；劉吶鷗發表了〈殺人未遂〉。1935 年，施蟄存、杜衡退出《現代》的編輯崗位，新感覺派文學失去陣地的支持，呈現出退潮之勢。

　　新感覺派是中國現代文學史上接受西方現代主義最完整的都市小說流派。這些作家各人都有各人的創作個性，但作為一個流派，也有它共同的創作特色。具體說來有四個方面。其一，以快速的節奏描寫都市的病態生活。新感覺派小說描寫大都市形形色色的日常現象和世態人情，從舞女、少爺、水手、姨太太、資本家、投機商、公司職員到各類市民，以及革命者、勞動者、流氓無產者等等，幾乎無所不包。這些描寫常取快速的節奏、跳躍的結構，如霓虹燈閃爍變幻似的，大大不同於過去小說那種從容舒緩的敘述方法。這裏有的是快節奏、喧鬧，絲毫沒有恬淡、寧靜的風光和氣氛。劉吶鷗的都市風景，涉及賽馬場、夜總會、電影院、大旅館、小轎車、富豪別墅、海濱浴場、特別快車等現代都市生活的各個方面，其中心則是描述感覺、印象中

的都市生活，借此來表現各色人等的精神狀態。穆時英的小說比劉吶
鷗更進一步，以更加快速的節奏，電影鏡頭般跳躍的結構，在讀者面
前展現出眼花繚亂的場景，顯示人物半瘋狂的精神狀態以及靈魂深處
的悲哀。他的〈夜總會裏的五個人〉和〈上海狐步舞〉，在描寫男女紙
醉金迷、沒落瘋狂生活的同時，也有某種沒落瘋狂心理的分析，使作
品充塞著一種「同是天涯淪落人」的感傷情緒。施蟄存的作品題材寬
廣一些，不僅寫了上海這個大都市，也寫了上海附近的一些小城鎮，
表現出半封建半殖民地環境的一些特點。他寫大都市生活，偏重在都
市的下層人物，但節奏也很快。新感覺派也說：「文藝是時代的反映。」
（劉吶鷗《色情文化·譯者題記》）粗略看來，似乎他們與現實主義作
家的主張是一致的，其實大相徑庭。因為新感覺派缺乏解剖都市社會
的理性力量，他們不去寫時代的政治鬥爭和經濟活動，最多偶然作為
他們描寫都市直接印象和感覺的背景材料，於是他們不是以社會科學
的理性觀照與鮮明的階級意識，來解釋現代都市與中國社會歷史進程
的關係，而只是以東方文化的道德眼光和人性標準，去暴露都市男女
的墮落和荒淫，因之他們的小說往往是困惑和迷茫的，看不清社會的
前途。但是他們是真正用現代主義的方法來反映現代都市社會的畸形
和病態的。他們在促進都市文學風格多樣化方面，做出了自己獨特的
貢獻。

其二，注重感覺印象世界的正面描述。新感覺派信奉感覺主義和
柏格森直覺主義的文藝理論，認為作家只能靠直覺來認識現實的存
在，直覺就是創造，人可以通過直覺的創造，形成藝術美的認識。新
感覺派作家都有靈敏的藝術感覺。他們在感受對象時，不追求精確，
但卻比常人的感覺更具體、更豐富、更敏捷、更細膩，而且帶有強烈
的主觀情緒性。他們往往把視覺、聽覺、嗅覺、味覺、膚覺以及身體
內的生理感覺交迭複合，以造成藝術通感的表達效果。所以，他們無
論寫人、繪畫、記事，總是善於將色、香、味、音、光、形等感覺與
體驗的情緒細緻逼真又交相感應地描寫出來，構成一幅亮麗的立體圖

景，具有一種可觸可感的藝術魅力。他們認為，都市人的心理複雜多變，不可捉摸，無法認清，只有憑感覺去體驗才能把握。穆時英的《黑牡丹》，通過「我」的感覺來寫陌生舞娘的外形、倦態、舞姿，尤其她鬢腳旁那朵憔悴的花，進而探索人物的心理情緒。作品通過以形寫意的方法，一下就寫出了「我」與舞娘兩個被生活壓扁了、躺在生活激流上喘息的人的精神狀態。〈夜總會裏的五個人〉描繪舞廳裏黑白兩色，像疾風掀浪般狂翻亂滾，使人聯想到那個黑白顛倒的社會。街景上，那紅綠藍紫的色彩裝飾，在跳躍的霓虹燈下，使整個天空氾濫著變幻莫測的光潮。這番狂亂的景象恰如其分地表現了狂亂人群的狂亂氣氛，給人以強烈的感官刺激。他的〈夜〉採用電影廣角鏡頭式的掃描與特寫鏡頭相結合的方法來描寫環境，把擊岸的江水，暗藍的天空，江裏映照的黃月亮，飄蕩的海關鐘聲，水手的領帶、煙蒂混在一起了。他把那種消縱即逝、不可捉摸的感覺印象固定下來，讓人產生如臨其境的感覺，讓人感受到都市畸形繁華與緊張跳動的氣氛。誠然，描寫感覺在現實主義小說內也有，例如茅盾的《子夜》，開頭一章吳太爺初進上海時，也有強烈感覺的描寫。但這純為推動情節、表現小說理性化主題服務的，其感覺的描寫本身沒有獨立的意義。而新感覺派的感覺描寫並不是為推動情節、塑造人物典型服務的，它本身就是目的，因為都市人特有的感覺、體驗是構成它生存狀態、精神狀態的有機部分。於是描寫感覺印象就是開闢了小說的一片新疆土。

其三，對人物進行心理分析和潛意識的開掘。這裏主要採用了「現實心理化」與「心理現實化」的手法。在新感覺派作家看來，現實生活不再作為一種純客觀現象，而是作為人物的感覺和體驗，通過變形處理而出現的存在。因此，現實生活就是一種摻有主觀感情在內的心理現象，帶有與常態不同的新奇特點。劉吶鷗的〈兩個時間的不感症者〉，寫一群有閒男女擠在賽馬場買賭。作者是這樣描寫環境的：「遊倦了的白雲兩大片，流著光閃閃的汗珠。」這裏白雲遊倦了，完全是緊張疲憊的賭徒們的心理折射。再如穆時英的〈夜總會裏的五個人〉，

寫了五個失意人的狂亂心理和行為，以及舞廳內的形形色色。表面看，這是客觀敘述現實場景，其實有許多場景是通過心理過濾而寫成的。因為小說中的人物都有一種狂亂絕望的心理，所以現實的舞廳的色彩、音樂、舞步、人群等等，都染上了狂亂的色彩，給人以似現實非現實、似心理非心理的感覺，很好地表現了人物當時的情緒。這是「現實心理化」的處理方法。而「心理現實化」，是指現實中並不存在，或者雖然存在過，但由於時空而割裂了。那麼作家從人物特定的心理出發，通過聯想、回憶、幻覺、蒙太奇等手法，形成一股意識流。運用快速跳躍的節奏，打破時空中的區隔，把過去、現在和將來連成一片。這樣就淡化了現實的情節，強化了人物的內心世界。穆時英的〈街景〉寫一老乞丐的悲慘命運。運用的就是意識流辦法，在作品中，現實已經不是作為一種本來意義上的存在，而是作為老乞丐心理意識的連結體和感覺體出現。當他正想到有一次無票進車站被堵時，一輛汽車經他而過，他馬上幻覺成一列火車，便猛地跳過去，被汽車軋死了。這種方法，極好地表現了老乞丐的心理和孤苦伶仃的慘景。作品很短，容量很大。在更多的情況下，新感覺派小說總是把「心理現實化」與「現實心理化」融貫起來，描寫人物潛意識和意識的衝突。這類作品，所關注的不是性格而是人物的心理，不是以描寫事件的客觀進程為主，而是以展現人物的潛意識見長。這在當時的文壇上是有獨到之處、備受讚賞的。

其四，著力刻畫人物的「兩重人格」。兩重人格是一種變態的現象。它表現為主觀與客觀的分離，理智與感情相衝突，內心與外表相矛盾。這種人物是普遍存在的，既有上流社會的公子哥兒、太太小姐，投機商人，也有下層的勞苦大眾。施蟄存對兩重人格人物的塑造非常成功，他把人物變態的性格與人物所處的時代社會聯繫起來。例如〈薄暮的舞女〉中的素雯，她厭惡賣笑生活，希望得到真正的愛情。但當她得知情人已經破產，又不得不去賣笑時，只好趕緊給已辭退的舞客打電話，要求恢復以前的關係。素雯前後判若兩人，內心與外表的矛盾、

理智與感情的衝突顯而易見。這種兩重人格的人物在施蟄存筆下表現的是下層舞女人身無保障的悲哀心理，反映出都市腐朽生活對人的侵蝕。而其他的新感覺派作家一般都沒有把人物兩重人格的形成與社會聯繫起來，而側重於生理本能上的特徵。劉吶鷗的〈禮儀與衛生〉中的可瓊，一方面宣佈愛她的丈夫，另方面又公然與普呂業大佐旅遊同居。〈殘留〉中的霞玲，一方面為剛死去的丈夫悲痛欲絕，另一方面當晚就去會男友，深夜任外國水手侮辱。穆時英的〈白金的女體塑像〉中的醫生，表面上道貌岸然，內心卻猥褻卑劣。這裏的原動力都是「性慾」，顯然受了佛洛伊德學說的影響。

　　新感覺派作家各人有各人的創作個性。我們知道，穆時英和施蟄存都曾模仿過劉吶鷗。穆的〈被當作消遣品的男子〉和施的〈花夢〉都有模仿的痕跡。然而，他們強烈的創新意識和探索精神使他們的作品很快超越了模仿階段，形成了自己的獨特風格。比如在語言與藝術手法上，劉、穆的作品與現代詩歌接近，但劉的洋味較足，而穆的口語更多。施蟄存的小說在借鑒西方現代技巧的同時仍然保持了中國古典小說的一些韻味。劉吶鷗和施蟄存曾在個別篇目中通篇使用內心獨白，但他們大部分作品使用的是第三人稱有限全知敘事，視角較少變換，給人以不動聲色的印象。而穆時英的小說較多使用第一人稱，而且常用自由間接話語及重複句、感嘆句，給人以較強的抒情色彩。在題材上，劉、穆、施也有不同，劉吶鷗作品較少，題材相對單一，大多取材於都市生活。即使〈風景〉、〈赤道下〉兩篇的背景在野外或荒島，但其主人公仍然是都市人，寫的是都市精神狀態。而穆時英的作品也以都市為背景，但主要關注的是都市下層人物的生活。施蟄存小說數量最多，取材也廣泛，既有都市風光，又有鄉鎮生活，其歷史題材也充分體現了自己的創作特色。劉、穆兩人都寫過心理分析小說，但以新感覺類作品居多。穆時英小說還有意識流的特徵。施蟄存的某些篇目也帶有新感覺色彩，但以心理分析見長。劉、穆、施三人小說的個性，在他們共同關心的情愛題材中最能顯示。劉吶鷗的情愛小說

都是肉的遊戲。男女的情與愛喪失殆盡，唯一殘留的只是性的慾念、肉的沉醉、官能的刺激。劉吶鷗小說中的女主人公，一般都是有丈夫或未婚夫，有法律承認的合法家庭的。但這幾位女主人公因耐不住哪怕一時一刻的寂寞而竭力尋求各種刺激，為享受生命快樂，不放棄一切機會。〈風景〉中的女主人公在探望丈夫的路上，中途下車與一偶遇的陌生男子野合。〈流〉中的三姨太青雲既勾引繼子，又利用購物之機試圖勾引繼子的男僕鏡秋；〈殘留〉、〈兩個時間的不感症者〉都是荒淫的故事。劉吶鷗在這些故事中，似乎是從男性視角表達對現代都市女性的驚愕與失望，然驚愕之餘又好像表現出無奈與認同。小說中的男主人公多為被拋棄者。他們被拋棄後也有失望、憂鬱的情緒，但都沒有反抗，多數是認可和沉醉。於是他的作品頹廢色彩很濃，有以病態墮落為美的趨向。

　　穆時英的情愛小說，當然也離不開男女之間的性愛糾葛。但他作品中的主人公都是交際花或舞女，她們靠自己的姿色或出賣肉體維持生活，因而不像劉吶鷗筆下的女主人公那樣輕鬆瀟灑，作為被生活壓扁了的人，她們在悲哀的臉上戴了快樂的面具，有些還進行了一些反抗。在穆時英的小說中，還有一類是反映都市里地獄與天堂兩種生活的反差，既充分渲染了燈紅酒綠，朱門酒肉臭，又發現了狹街陋巷，路有凍死骨的現象。因此與劉吶鷗相比，穆時英對都市的感覺比較全面，反映得也比較深刻，其視野也超出了男女情愛本身。儘管他的作品失去信仰、失去標準，價值觀念是模糊的，然由於他追求忠實記錄，表述自己親眼目睹的事，因此作品還是流露出「人間的歡樂，悲哀，煩惱，幻想，希望」，表明作者對都市下層人物的同情，對現代都市道德淪喪、人性墮落為獸性的不滿。不過，在腐敗的社會現實面前，作者看不到任何出路，只是感到筋疲力盡。穆時英作品的內涵與情感基調比劉吶鷗的要來得厚重深沉。他追求理想遇到挫折時產生過幻滅情緒，但他並不把肉的沉醉當作詩的美。他的小說〈公墓〉、〈玲子〉、〈第二戀〉表現的仍是純真的愛情，可見穆時英未放棄對真善美的信仰。

　　與穆時英相比，施蟄存的思想感情在作品中更加隱蔽。他的大多作品用的都是第三人稱，作者與作品中人物保持著相當的距離。如果我們說穆時英小說人物的二重人格有他自己二重人格的影子，那麼我們卻絕不能把施蟄存與他筆下的鳩摩羅什、石秀或四喜子比附。他對人物採取的是心理精神分析。在《善女人行品》集子中，對女性心理的正面展示和分析佔了將近一半，女性不再被當作男性觀看的客體，作者反過來也透過她們的眼睛觀看男性的世界。施蟄存的心理分析對象不分貴賤賢愚。把人當作人來寫，當作既有社會屬性又有自然屬性的人來寫。這就是作者的人道主義思想。但這種人道主義思想，作者沒有任何一點有意識的表現，確確實實只是藝術形象的自然流露。〈鳩摩羅什〉、〈將軍底頭〉、〈阿襤公主〉沒有把有違於宗教或道德戒律的主人公當作反面人物來寫，對他們正常的愛情追求還似有同情傾向。〈石秀〉則寫了家喻戶曉的英雄嗜血嗜殺的一面，並用情愛心理變態來分析解釋。作者進行這些描寫的內心深處肯定有著人道主義的尺度。施蟄存以現實生活為題材的小說，也是一個沒有浪漫激情的世界，人物偶爾的幻想往往被現實撞碎。自《將軍底頭》出版後，施蟄存不再寫那種冷靜剖析中帶點浪漫色彩的小說了，他的心理分析也逐步與現實主義相結合。

　　新感覺派的三位作家，對現代主義創作方法的試驗，在中國現代小說史上是有貢獻的，不管是表現領域的拓展，還是新的形式技巧的探索都起到了先鋒作用。特別是他們忠實客觀地描述自己的具體感覺而不去圖解理論觀點，在今天看來仍然難能可貴。

第十六章　京派

　　京派指的是上世紀 30 年代在北平從事文學活動的作家群體。它的生成應該說是 1933 年，當時朱光潛家有個讀詩會，聚集了在北平的大部分作家。據沈從文在〈談朗誦詩〉一文中的回憶，參加讀詩會的人有梁宗岱、馮至、孫大雨、羅念生、周作人、葉公超、廢名、卞之琳、何其芳、朱自清、俞平伯、王了一、李健吾、林庚、曹葆華、林徽因、周煦良等。這個讀詩會成員比較寬泛，其思想與藝術傾向並不完全一致，但這是京派作家的一種文學活動，在文學主張和創作上存在著某些共同或相近的審美追求。他們所主持的報刊，如沈從文編輯的《大公報·文藝副刊》，卞之琳、沈從文、李健吾編輯的《水星》，朱光潛編輯的《文學雜誌》，往往是這些作家面向公眾的一個視窗，同時也為他們的讀詩會提供了討論的新材料和新話題。於是對一批青年作家發生了有力影響，形成了一個具有流派性質的作家群體。這是一個非常鬆散的作家群體，有集會，卻未結社；有報刊，卻喜歡非同人的作品。他們主張「自由發展，自由討論」。

　　京派的出現，其實是 30 年代初政治革命及革命文化潮流的一種應激性反應。京派作家不滿於當時的社會現實，並為民族的前途命運憂心忡忡，但他們又對當時正在崛起的左翼革命力量不瞭解、不信任，對左翼文化陣營的某些表現更懷抵觸情緒。這些人大多深受中西文化的薰陶，傳統士大夫的精英意識與西方人文主義的個性主義精神已深深浸入他們的骨髓。因此，他們在政治上都持一種以超然於左、右兩翼為標榜的自由主義立場。一方面對統治當局的高壓文化政策極其不滿，另一方面對革命運動持否定態度。他們希望採取一種漸進的、和

平的改良手段，使國家走向歐美式的民主政治。他們將塑造國民獨立
人格精神的使命寄託於文學，因此，極力反對左翼作家把文學作為政
治革命的工具，更反對文學由於商業利益而被庸俗化。他們強調文學
自身的藝術性，重視對文學的審美品格與藝術技巧的研討；強調對個
人情感與體驗的藝術化塑造和昇華。在文學批評上他們主張公平公
正，力圖超越意識形態的偏見。在美學理論上，他們提倡「審美距離」
學說，崇尚和諧的藝術理想。總之他們的思路不是離析與破壞，似乎
更多傾向於綜合與重構。他們對「五四」啟蒙運動的反傳統傾向進行
了反思，在綜合利用中西文學資源的前提下著手進行重建與更新中國
文學的工作。京派這些文學建設方面的構想，雖然在當時左右兩派激
盪爭鬥的語境中備受扭曲，幾成一個迂闊的夢想，但是在京派與左翼
理論家之間既衝突又對話的過程中，還是在一定程度上推動了中國現
代文學的發展。京派經歷了抗日戰爭之後。1947 年 6 月，《文學雜誌》
復刊，朱光潛、沈從文還兼有多家報紙文學副刊的主編。他們不但重
新凝集了原來的一些京派作家，而且進一步輻射影響了一批青年作
家，接續了京派的血脈。可惜的是，在 1948 年中國歷史即將進入一個
新階段的前夕，革命作家和理論家對京派中的重要人物朱光潛、沈從
文、蕭乾等人展開了激烈的抨擊，稱他們是「反動文藝」的代表人物，
並說他們「自覺」地為反動派活動著。（參見郭沫若〈斥反動文藝〉）
這樣的抨擊顯然偏激失當。事實上，這批文人堅決拒絕了當局政府的
拉攏而留在即將解放的北平城，就是一種進步。當然，京派從此就消
隱在歷史的風塵之中了。當他們再度被人從歷史的塵封中翻撿出來，
那已經是幾十年之後的事情了。

　　重提京派那是在上世紀 80 年代初。國內的一些刊物發表了幾篇回
憶性文章，在提到沈從文的同時，也提到了京派。尤其令人注目的是
朱光潛的〈自傳〉和〈從沈從文先生的人格看他的文藝風格〉。其中說
到「在軍閥橫行的那些黑暗的日子裏，在北方一批愛好文藝的青少年
中把文藝的一條不絕如縷的生命線維持下去，也還不是一件易事」。那

麼這條文學的生命線又是如何呢？我想分兩部分給予介紹。先介紹他
們理論批評方面。主要說兩點。

　　第一點，京派理論家非常注重對於傳統文化精神資源的利用。京
派理論家對「五四」新文化運動的經驗教訓進行反思，拒絕了「五四」
前輩們所鋪定的棄絕傳統並移植西方文化的思路，而選擇了一種「恢
復傳統」的策略。朱光潛認為新詩脫離民眾、脫節傳統，單靠對異域
文化的簡單移植是不可能繁榮的。他說：「文化交流是常事，文化移植
卻不一定成功，土壤氣候不同，移植往往是丹橘變枳，畫虎類犬。」
他甚至斷言新詩在此前走過的一些探索性道路「恐怕都難行得通」，因
此「想詩由頹廢而復興」，只有「接近民眾與恢復傳統」，而所謂「恢
復傳統」，「意思並不在『復古』，而在運用過去的豐富的儲蓄」（〈詩的
普通性與歷史的連續性〉）。所以京派的「恢復傳統」，本質上是一種創
造，是企圖通過深入充分地利用舊有文化資源而實現傳統的接續與發
展。而這種發展並不是以拒斥異域文化因素為前提的，恰恰相反，它
是中國文化傳統在新的文化交流語境下的發展。正如梁宗岱所說：「我
們現代，正當東西文化之衝，要把兩者盡量吸取、貫通、融化而開闢
一個新局面──並非中學為體西學為用，更非明目張膽去模仿西洋。」
（《論詩》）京派批評家在進行文藝理論與批評建設的時候，對於傳統
文化精神資源的運用，通常有兩種方式。第一種方式是出於當下的現
實動機，以現代的眼光，引入西方理論觀念對傳統話語進行重新闡釋
與理解，以此實現中西文化精神在當下時空語境中的對接，將中國傳
統文化精神啟動成具有當代生存價值的活的文化思想；第二種方式是
本土傳統文化精神成為對多種西方理論觀念進行吸納與調和的動因與
依據，成為創構新學理的內部邏輯框架。因此，他們在利用傳統時，
往往將文化傳統實行裂解，把具有一定話語權威，似乎圓融整合、自
成系統的文化傳統降格，從而獲得從不同角度、範圍以及不同層面重
新批判、整合與利用的方便，使他們有個進行創造的自由空間。李長
之主要採取第一種方式。他說：「在西洋文學史上許多公認的範疇，是

要確切地在中國文學的領域內適用一下的。」（〈論研究中國文學者之路〉）他這裏的「適用」，並不是簡單地用中國文學史的材料去證明某種或某些西方文學的理論或觀念，而是站在發展中國文學的立場上去重估中國古代文學。所以李長之的很大一部分批評工作，都是在對中國的經典作家進行一種文化意義上的批判和重讀。從孔子、屈原到金聖嘆、魯迅，他都想抉發出真的價值來。他認為學術界的狹隘功利主義與精神短視，使得中國文化缺乏精神力量。他雖然也致力於文藝學科的建設，卻更加重視「批判精神」的發掘與倡導，對於情感發露、生命體驗濃烈的作家和傳統文化更是褒揚有加。而朱光潛的批評理論，採用的是第二種方式，成為各派理論調和折衷的體系。其中有克羅齊的直覺論美學為他的美感經驗做了基本界定；心理距離說、移情說為他提供了心理學層面上的事實依據與解釋；叔本華與尼采的悲劇美學則為他承擔了文化價值的闡釋與探討。然這一系列的理論又都聚合在中國傳統道家文化觀念之中。朱光潛在闡述直覺經驗時使用了《莊子》的一些語句：「用志不紛，乃凝於神」，認為「美感經驗就是凝神的境界」（《文藝心理學》），講到移情作用時，也往往要談到「物我兩忘」。朱光潛曾明確地表示，他的「看法大體源於莊子」。他特別欣賞莊子在〈大宗師〉篇中所提出的「化」的觀念。他說：「我只覺得這『化』非常之妙。中國人稱造物為『造化』，萬物為『萬化』。生命原就是『化』，就是流動和變易」，「只是化，並非毀滅」（〈生命〉）。我們知道，莊子的生命觀是一種彌散性的結構，它的本意是追求一種文化構思，具有很寬的思想頻度。朱光潛正運用了這種寬闊的頻度，貫串了各屬不同思想層面的理論表述，將之調和成為一個自洽的理論體系。

　　第二點，京派理論家在融彙中西文學批評範式與理論思維模式方面做了大量的嘗試與努力。首先是他們在傳統批評範式的現代性轉化上的嘗試與努力。中國學者對古代文學批評的研究，早就梳理出一系列公認的範疇。例如在傳統批評中佔重要地位的「以意逆志」批評，側重於「讀者—作品」關係的考察，要求評論家以盡可能細膩的內心

體驗去揣測作品的創作意蘊。而「知人論世」批評，則重視「作者—作品」關係的研究。當然在實際批評中，這兩種方法往往都結合著使用。在對作者身世、創作、背景有一定瞭解的情況下，發揮讀者主觀體驗與想像力，去揣摩推測作品的意蘊。這裏靈活圓融、多樣相容的批評思維在京派批評家那裏得到了現代性的轉化和發揮。李健吾寫下了大量專就作品本身「含英咀華」的印象批評，就是根據自己的主觀印象對作品進行「以意逆志」的解釋與風格的描述。當然他也參證作家的傳紀材料，把作家的生活事件與作品一起構成批評的基本印象，甚至有時把作家的生活與精神狀況乾脆成為作品風格的同構性隱喻。李健吾評論葉紫時就說：「葉紫的小說始終彷彿一棵燒焦了的幼樹」，「不見任何豐盛的姿態，然而挺立在大野，露出棱棱的骨幹，那給人茁壯的感覺，那不幸而遭電殛的暮春的幼樹」（〈葉紫的小說〉）。這裏有所象徵。這裏什麼也不見，只見苦難，和苦難之餘的向上的意志。這樣的印象批評，不僅把作品的風格描述了出來，也把葉紫早逝的不幸表現了出來。在李健吾那裏，作家生活經歷的粗略瞭解與作品文本理解，往往成為他想像與揣測作家創作心態與精神性格的依據。如他對蕭軍的評論，我們就很難斷定他對蕭軍生活狀況與精神經歷的詩意描寫有幾分來自真確的瞭解，有幾分是出自想像。其中有這麼幾句：「他也許哀傷，也許給樓下的姑娘寫上兩首無從投遞的情詩。他也許生氣，無緣無故和女人吵嘴；他也許偷一片可愛的葉子，當一回風雅的小賊。」（〈八月的鄉村〉）這裏的妙就妙在「也許」兩字上，既然是「也許」，自然不必細究，但是作家與作品的氣質與風格確實豐滿靈活了不少。這樣的批評作為一種個人的審美印象批評，顯然是從傳統的「以意逆志」和「知人論世」批評中轉化而來的。這種現代性的轉化，在京派批評家中是有很大成績的。如梁宗岱的《屈原》，就是運用自己的想像力，直接從作品中「認識作者底人格、態度和信仰」，並且「重織他底靈魂活動底過程和背景」。當然梁宗岱沒有完全放棄古史中關於屈原生平的記載，然其中許多細部都是根據自己的生命體驗與閱讀經驗，進

行合乎情理的想像與推測而成的。我們知道梁宗岱寫作《屈原》的動機，是針對當時學術界流行的否定屈原之存在的疑古思潮的。但梁宗岱的反擊依據，不是以學術考據為基礎的，而是建立在對關於屈原的歷史敘述以及屈原作品熱愛的情感上。因此，這種「以意逆志—知人論世」的批評方法更加顯示出其獨有的以讀者體驗為重的特點。這種傳統批評方法的運用，無意中向我們顯示了理解行為中的歷史成見與當代主體意識之間的一種微妙的張力關係。由於這種張力關係，使得批評既有固守傳統又有開拓創新的兩個維度，成為一種不斷豐富的文化積累。

其次是他們在傳統直覺思維與現代邏輯思維融合上的嘗試與努力。中國傳統中直覺感悟式的品鑒批評有它特有的長處，但流弊也相當大，很容易流入不確切的模糊。因此，如何發揮它的正面素質而避免其流弊，就是京派批評家所思考的問題。正是朱光潛所說，中國詩話批評的缺點在於「零亂瑣碎，不成系統」，而要使傳統批評實現現代化轉化，就必須引入「科學的精神和方法」（《詩論》）。也就是說，在保留原有的直覺體悟的靈性的同時，需要接入系統分析與實證的科學思維方法。而這種接入必須通過與西方理論批評模式，進行某種程度上的磨合而實現。京派批評家大多接受過正規學院的學術訓練，對西方的理論思維模式都有會於心，駕輕就熟。同時，他們作為中國傳統文化的承傳者，傳統的「妙語」、「神會」式的直覺思維已深深化入他們的文化氣質之中。於是對這兩種思維兼采並用、融會貫通是他們努力創新的必然傾向。例如李健吾的〈邊城〉是評論沈從文的小說《邊城》的；〈籬下集〉是評論蕭乾的小說集《籬下集》的。這兩篇評論所顯示的就是傳統直覺思維與抽象理性思維相互融合的一種方法。在這種方法中，整體直覺思維所產生的意象作為一種思維符號，經由理性的反思與抽象，而獲得較為清晰的意義導向，從而加入了整體上以邏輯的理性為規則和流程的文學批評之思維過程。在其中，直覺印象充當了邏輯推斷的起始條件，而邏輯思維也充分滲透了意象詮釋的凝

聚。可見，京派理論批評已是一種中西融合的直覺批評了。他們不僅對文學做著審美的自覺闡釋，而且也在思考著批評自身的意義，做到批評的自覺。所以有人曾給京派一個明確的定位：「京派批評的出現代表著中國現代文學批評的審美自覺與成熟。」（劉峰杰〈論京派批評觀〉）

下面介紹京派小說方面。京派小說所運用的創作方法是非常獨特的。它不是現實主義的。因為現實主義都重視文學的時代性，要求作家關注和反映時代重大的社會問題，要求真實地再現典型環境中的典型性格。而京派小說家以尋求健康完美的自然人性為宗旨，以寫實記夢為手段，並以記夢為主，在某些主人公身上還刻意表現其神性。京派小說淡化社會現實背景，把政治經濟生活放到了人物活動的幕後。它也寫實，但寫的往往是記憶中帶有理想化的，已經消失或即將消失的現實，為的是給人間留駐一點美好的、永恆的東西。它描寫人物的生命衝動，卻意在讚美一種合乎自然人性的理想生活方式。它迴避政治，不關注、不干預政治，然想借文學改造社會、改良人生。京派小說當然也不是古典主義的。因為古典主義強調一種以意識形態為標準的理性原則，為王權服務。它在形式上講究師法古典規範，小說中的人物實質上是某種觀念的符號。而京派小說在內容上表現自然人性，推崇原始生命的強力；在形式上不拘格套，獨樹一幟。雖然它懷念已經逝去的時代，但它懷念的並不是封建倫理規範，而是未被工業文明所浸染的夢幻式的過去。京派小說也絕不是現代主義的。儘管京派小說肯定人的生命本能，反對文明對人性的異化現象，具有現代性因素，在文體上重視探索，也學習過意識流、通感的手法，但京派小說反對都市文明，與30年代上海的現代派小說、詩歌是對立面的，基本價值取向、藝術追求都不同。京派小說有悲劇色彩，但並不絕望，它相信文學能夠改良人性；它有時表現出宿命論，但並無荒誕意識，追求的是和諧、優美，絕不尚奇求怪。

如果我們一定要把它歸屬於一種創作方法的話，那麼浪漫主義的精神實質可能更容易在京派小說中找到。浪漫主義主張回歸自然，所

謂自然指的一是大自然，山川河流、田野村舍；二是人的自然本性，
七情六慾以及原始的古樸人際關係。京派小說的主將沈從文、廢名的
小說，其人其事幾乎都放在村野的背景之中，竹林、菱蕩、野渡、幽
谷是他們精心描繪的夢中樂園。京派小說的正面主人公都帶有古樸的
野性，男的粗蠻憨厚，女的天真淳樸，少女則往往是自然美景的化身。
蕭乾與凌叔華雖未著力描繪村景野趣，卻致力於謳歌童心或高士，謳
歌那同樣未被社會污蝕浸染的聖土。浪漫主義描繪理想境界。所謂理
想境界，當然並非一定要神馳蒼穹、夢遊天姥、呼風喚雨的超人境況。
而那些為表現作者的審美理想而設定的情境，也應該是屬於理想境
界。沈從文說他的小說主要涉及兩部分，一是社會現象，就是人與人
之間的種種關係；二是夢的現象，就是人的心或意識的種種活動。沈
從文的湘西風情、廢名的田園牧歌，都是寫他們記憶中的鄉村生活，
帶有寫夢的性質。其人與事都有明顯美化、理想化的痕跡。在他們的
小說世界中，對立階級的人物和平相處，主人慈祥仁愛，僕人忠誠勤
勉，愚昧麻木變成憨厚樸實、天真可愛，殘暴兇蠻變為雄強有力。他
們盡量淡化鄉村陰暗沉悶的一面，突顯清新美好的一面。因此，沈從
文筆下的社會現象，其實亦非客觀、真實，是作家理想之中的社會現
象，與夢的現象相彷彿。沈從文筆下的女性翠翠、三三、男性龍朱、
虎雛都是理想的女性美與男性美的化身。浪漫主義具有抒情色彩。京
派小說的抒情色彩也很濃烈，追求更多的是詩化的意境。

　　如此說來，京派小說就是浪漫主義了？大致上可以這樣說，但它
與習見的浪漫主義作品卻又有著不同的形態和審美特徵。具體表現在
如下三個方面。一、和諧優美而非緊張崇高。浪漫主義講究對比與奇
崛，崇山峻崖、瀚海怒濤、荒野長風、深林古堡是他們筆下經常出現
的自然景觀，其人物往往歷盡艱險，九死一生，在與自然、與社會搏
鬥的過程中表現出超人的意志和力量。於是作品往往追求美與醜、悲
與喜、崇高與滑稽的強烈對比和緊張。而京派小說，沈從文也曾在不
同作品中將城市與鄉村進行對比，但在同一作品中他卻不求對比而求

和諧。例如《邊城》中翠翠與儺送的戀愛雖以悲劇告終，但小說中並無她與天保、與天保父親的衝突，造成悲劇的也並非來自政治經濟和道德的外部因素，而是不可知的偶然，是人的命運。《三三》中的三三與在鄉下養病的少爺原本是分屬於兩個不同階級，然他們能相互溝通，和諧相處。《蕭蕭》中的蕭蕭命運不可謂不苦，沉潭的處罰不可謂不酷，然小說最後卻用一個偶然化解了矛盾。沈從文、廢名都曾寫過農村舊道德的危害，但這類作品的美學效果，並非是緊張對立，卻是淡淡的哀傷，仍然保持著靜穆和諧的氛圍。《丈夫》裏寫為生活所迫，丈夫送妻賣身的悲劇，可作品並不突出淚與血，故事裏的水保不失其寬厚的性格。所以京派小說不以情節的怪異、情感的緊張對比取勝，而保留著永遠的和諧優美。二、含蓄蘊藉而非汪洋恣肆。浪漫主義強調不受拘束的自由宣洩，情節往往循著情感宣洩而汪洋恣肆。而京派小說是一種詩化小說，沒有自我宣洩，作者的情感蘊含在景物與人物的生動描繪之中。在沈從文、廢名的作品中，雖然能夠明確感受到作者對筆下風土人情的讚美，但作者是借景抒情，很少直抒胸臆，在京派小說中很難找到能與作者本人等同的人物。可以說京派小說繼承的不是屈原、李白，而是陶潛、王維的傳統。在風格上沒有浪漫主義的恢宏奇瑰與熾熱狂放，有的是牧歌情調、溫緩意趣。三、疏離政治而非干預政治。中外的浪漫主義者大多是社會政治的干預者。屈原是政治家兼文學家，李白因不得施展政治抱負而發洩情感，郭沫若熱衷於政治而表現自我。而京派小說的代表人物都有意疏離政治、迴避政治。急風暴雨式的政治題材他們不取，他們崇尚的是沖淡、靜穆、和諧的美學境界。

　　這些京派小說的特獨性，是由它的創作宗旨決定的。在30年代文壇上，左翼作家毫不掩飾自己創作的政治功利目的，上海現代派，醉心於技巧的探索試驗，呈現出心理分析、新感覺的態勢；而為藝術而藝術者，將文學當作孤芳自賞的花朵；通俗小說以暢銷盈利為目的，走向庸俗。而京派對藝術本身表現出忠誠的態度，它既反對來自商業

的影響，又反對來自政治的干擾，然他們也不贊成為藝術而藝術，而
主張文學要對現實人生有所裨益，走一條獨立自由的道路。他們認為
文學的使命就是以藝術的方式去改良人生、改善人的生存，達到「明
朗健康」的生活狀態。為了這個宗旨，京派追求一種古樸自然的和諧
之美、靜穆之美。但是他們本人生活在城市，作品的主要讀者也是城
市人，於是為了遠離充滿了病態污濁的城市文明，批判都市文明，他
們便想到了自己曾生活過的鄉村。然而這個鄉村已是記憶中的鄉村，
因此其作品不可避免地帶上了夢幻色彩，作者在予以描寫時便不自覺
地進行了理想化處理，形成具有獨特性的烏托邦式的京派文學。從而
維繫了不絕如縷的純文學生命線。

第十七章　七月派

　　七月派因《七月》文學雜誌而得名。《七月》週刊，胡風編輯，於1937年9月11日在上海問世。同年9月25日出至第3期，因戰事惡化，胡風離滬去武漢而停刊。10月16日，胡風在武漢復刊，改為半月刊。1938年7月16日出至第18期，因武漢戰局而停刊。1939年7月2日，胡風在重慶再復刊，改為月刊。1941年，皖南事變之後，胡風赴香港避難，《七月》於1941年9月停刊。四年前後共出版了三十二期。從武漢到重慶，圍繞《七月》的文學活動，開始形成一個作家圈子，許多青年作家與《七月》一同成長，呈現出胡風所期望的勃勃生機的局面。這一時期是七月派的生成期，作為流派主體構成的要素都已具備。歸納起來有如下三方面。首先，胡風在創辦《七月》的同時，廣泛深入地進行文學批評，對現實主義諸問題進行思考與闡發，並有意將理論探討應用到指導創作實踐中去，發現和培養了創作新生力量。他的理論，得到了周圍作家的認同，並引導作家們的創作向他的方向掘進，顯露出相近的文學思想和文學風格。其次，由於胡風的培養和指導，《七月》同人創作了大量的作品。應合抗戰的需要，報告文學和特寫異軍突起，在《七月》上佔有顯要的位置。東平、曹白等人的報告文學引起巨大的社會反響。彭柏山、吳奚如、賈植芳別具一格的小說創作，以及胡風對路翎的發現與培養，表明了七月派小說發展的廣闊前景。詩歌方面的創作則更為突出。艾青、田間的詩歌顯示了抗戰時期詩歌創作的實績。同時湧現了一大批新的詩人。其中孫鈿、冀汸、鄒荻帆、魯藜、化鐵、杜谷、徐放等簇擁在《七月》周圍，他們為受難的民族吶喊，為憂傷的人民歌唱，逐漸形成了一個頗有聲望

的、獨具一格的七月詩人群體。再次，圍繞編輯《七月》，胡風和同人
們有了較為明確的方針和主張。編輯同人組織了幾次有關文藝活動與
作家創作的座談會，在文藝觀念和選稿原則方面展開討論，並達成共
識。這些活動大大增強了流派的凝聚力，從而使《七月》作家在保持
自己個性的同時，又表現出思想藝術上一致的共同特點。這共同點，
為《希望》、《七月》叢書以及七月派其他的一些刊物如《詩墾地》、《平
原》所堅持，在七月派的成長壯大中起到了決定性的作用。胡風經過
了將近三年的流亡生活，在 1943 年 3 月 14 日返回重慶。他急切地想
申辦刊物，恢復七月派的文學陣地，於是在周恩來的幫助下，1945 年
1 月，《希望》第 1 期出版了。《希望》是《七月》的復活，它繼續貫
徹著《七月》在編輯上的思想方針，保持著《七月》的風格面貌。《希
望》出至 1945 年 12 月第 1 集第 4 期停刊。1946 年 5 月在上海復刊，
出至 1946 年 10 月 18 日第 2 集第 4 期終刊，共出版八期。《希望》時
期，以胡風為流派領袖的核心人物和中堅份子已完全形成，新的同道
伙友如綠原、曾卓、鄭思、白堤、葛珍、徐伽等源源不斷地彙入七月
派的隊伍。因此流派的成員相對集中和穩定，流派的思想與藝術特徵
更為突出鮮明。胡風的理論指導作用明顯增強，威望持續上升。七月
派在理論和創作上的自成體系、獨樹一幟，也招來了一些非議。胡風
的「主觀戰鬥精神」文藝思想，遭到了左翼主流力量的批判，認為七
月派有「相當強烈的宗派氣味」（茅盾〈走在民主運動的行列中〉）。1946
年 10 月，內戰全面爆發，《希望》終刊後，胡風將精力投注到希望社
上。出版和再版七月派作家的詩集文集。其中有阿壠的《第一擊》、胡
風的《為祖國而歌》、魯藜的《鍛煉》，東平的《第七連》、曹白的《呼
吸》、綠原的《又是一個起點》、牛漢的《血的流域》等。特別是《胡
風文集》和路翎的長篇小說《財主的兒女們》，更成為七月派的最重要
收穫。《希望》之後，先後出現過阿壠、方然編輯、在成都出版的《呼
吸》、《荒雞小集》，朱懷谷編輯、在北平出版的《泥土》，化鐵、歐陽
莊編輯、在成都出版的《螞蟻小集》等，都成為七月派後期的陣地。《七

月文叢》和《七月新叢》的出版則一直延續到新中國成立。建國後，羅飛、梅志編輯《起點》，試圖應合新形勢，建造七月派的新開端，然無論如何，難以匯入時代潮流，《起點》的最後微聲，七月派終於降下了它的帷幕。七月派是中國現代文學史上最具流派特徵的流派。它的存在與胡風的不懈努力經營分不開。儘管建國後，七月派在形式上解體了，但胡風精神的影響依然存在，胡風的聚合力始終沒有消散，於是乎胡風成為政治鬥爭中新的對立面。後來由於各種原因，「胡風反革命集團」的出現，鑄成群體冤案，這是一個政治問題。我們只談七月流派，一個學術性的問題。下面我就七月派的文藝理論、詩歌特徵以及小說特點談點淺見。

　　先談七月派的文藝理論。七月派的文藝思想集中表現在胡風的文藝思想上。胡風文藝思想的核心是他的主觀現實主義理論。該理論涉及的命題很多，現在主要介紹它對七月派影響最大的三個方面。第一，關於文學創作的源泉問題。胡風主張作家有充分的自由，不加以任何規定或限制，在題材上無須劃分重要、次要或禁區，作家完全應該根據自己所熟悉的生活範圍、適合於自己藝術創造力發揮的條件去確定寫作題材。胡風有句名言：「哪裏有人民，哪裏就有歷史。哪裏有生活，哪裏就有鬥爭，有生活有鬥爭的地方，就應該有詩。」（〈給為人民而歌的歌手們〉）儘管胡風「到處有生活」的主張與當時左翼文學的主導性看法不同，左翼文學作家當時要求革命文學以體現時代主流、反映歷史本質、代表光明傾向的生活為主要描寫對象。但是胡風並非要脫離時代，放棄對題材的社會意義與歷史價值的要求。他的意圖是要求作家以現實主義的態度，腳踏實地，就以自己熟悉的生活為材料，以自己所真正瞭解的周圍的人民為對象，以此時此地的鬥爭為創作源泉。胡風這種反題材決定論的主張當然是有針對性的。革命文學運動中一直存在著題材決定論的傾向。這是受了庸俗社會學與左傾機械論影響的結果。胡風自 30 年代以來，一直堅持提倡創作自由，反對左傾

機械論。因此，他有關生活與題材的觀點，在七月派內影響很大，並且在創作實踐中得到了貫徹。

第二，關於文學的主題問題。胡風從堅持現實主義、深入「五四」所提倡過「改造國民性」的角度出發，提出了正視與深入描寫人民群眾身上「幾千年精神奴役的創傷」。胡風認為「人民」不是抽象的概念，而是活生生的「感性的存在」。他們的生活欲求或鬥爭體現歷史的方向，而這種「體現」不是簡單的，而是通過千變萬化的複雜曲折的途徑。胡風說：「他們底精神要求雖然伸向解放，但隨時隨地都潛伏著或擴展著幾千年的精神奴役創傷。」(〈置身在為民主的鬥爭裏面〉)這裏所說的「創傷」，可以理解為長期封建主義思想影響的毒化與積淀，包括精神上的麻木、保守、狹隘、自私等等，尤其是所謂「安命精神」。當然胡風並不否認人民群眾有「善良的、優美的、堅強的、健康的」一面，但胡風認為，人民擔負生活與歷史重任的堅強與善良，同時又是以封建主義所造成的各式各樣的安命精神為內容的。胡風力圖兼顧這積極與消極的兩方面，指出如果「單看前者，那些剝削和奴役就不可能，我們也不會有一部封建主義舊中國底歷史；單看後者，封建主義的舊中國底歷史就會平靜無波」。胡風舉了魯迅的《阿 Q 正傳》為例來說明寫「精神奴役的創傷」的成功。胡風一向將文學看作是生命欲求的表現和主觀精神的迸發，看重文學對人所產生的精神影響作用。因此，他對「五四」時期以文學「改造國民靈魂」的啟蒙主義傳統是非常珍視，並竭力主張堅持與發揚的。他在多篇文章中，一再重申魯迅「揭出病苦，引起療效」的創作思想。

第三，關於「主觀戰鬥精神」。這是胡風主觀現實主義理論的核心。其實這是一個創作論問題。胡風長期反對創作上的兩種傾向，即主觀公式主義和客觀主義。他認為主觀公式主義主要出現於抗戰初期。當時作家處在全民抗戰的亢奮中，宣傳抗戰的熱情很高，卻不注意與實際生活感受結合，忽視了創作的現實深入，出現了大量的主觀公式化的作品，將文學引上了「轟轟烈烈」而「空空洞洞」的道路。而客觀

主義，主要出現在抗戰相持階段的創作中。作家由於受惡劣環境的圍困，漸漸失去了對現實的把握力和擁抱力，看不到歷史的潛在動向和蘊含著的光明，所寫的作品缺乏熱情，作家被現實腐蝕、俘虜而致屈服。胡風指出這兩種傾向的癥結在於主觀與客觀的關係不正常。主觀公式主義將作家的主觀置於現實之上，而客觀主義將作家主觀屈服於現實之下。為了克服這兩種病態，使文學適應於民族鬥爭的時代要求，胡風提出了主觀與客觀之間的另一種關係，即作家主觀的戰鬥意志和人格力量對現實的「突入」。我們先看一段胡風在〈置身在為民主的鬥爭裏面〉一文中的話：「對於對象的體現過程或克服過程，在作為主體的作家這一面同時也就是不斷的自我擴張過程，不斷的自我鬥爭過程。在體現過程或克服過程裏面，對象的生命被作家的精神世界所擁入，使作家擴張了自己；但在這『擁入』的當中，作家的主觀一定要主動地表現出或迎合或選擇或抵抗的作用，而對象也要主動地用它的真實性來促成、修改、甚至推翻作家的或迎合或選擇或抵抗的作用，這就引起了深刻的自我鬥爭。經過了這樣的自我鬥爭，作家才能夠在歷史要求的真實性上得到自我擴張，這藝術創造的源泉。」這裏既是藝術創造過程中主客觀關係相生相剋的綱領性描述，又是藝術創作心理學的基本勾勒。胡風很重視創作藝術規律的研究。他把自己全部文學理論的重心，放到研究從生活到作品的仲介環節，特別是作家的主觀因素在創作過程中的決定作用。我們知道，在哲學上胡風絕對是一位反映論者，在文學上也是一位功利主義者，但他比同時代的其他文論家都更關注創作過程複雜的主體活動，他堅持的是能動的反映論，反對機械的反映論。因此，他在反對作家的頭腦是反映生活的「鏡子說」、「容器說」或是宣傳觀念的「留聲機」的同時，提出了作家的頭腦應該是一座「熔爐」。所謂「熔爐」，胡風的意思是作家應該寫自己受了感動的、消化了的、有深知的東西，因為「真正的藝術上的認識境界只有認識底主體（作者自己）用整個精神活動和對象物發生交涉的時候才能夠達到」（〈初執筆者的創作談〉）。這個交涉過程，就像「熔

爐」中熔鑄，其中主體對客體（題材）的選擇，滲透形成互相交融的類似化學上的化合反應。胡風在不同文章中還用過諸如「燃燒」、「沸騰」、「肉博」、「化合」、「交融」、「糾合」、「相生相剋」、「自我擴張」等比喻，來說明作家頭腦所起的「熔爐」作用。這些比喻都有意突出「主觀精神」的熱烈、飽滿與生動。而客觀的題材正是通過「主觀精神」的「擁入」才晶結為作品的內容。於是胡風要求作家對現實人生有「真知灼見」，對文學事業有獻身精神。胡風圍繞主觀戰鬥精神的闡解，其他還提出過「人格力量」、「受難」精神、形象思維、現實主義的勝利等命題，現在姑且不論。總之，胡風的理論自成體系，在當時左翼文壇上獨樹一幟，對青年作家的創作有很大影響，對七月派作家無疑有指導作用。在他的理論影響下，七月派在詩歌、小說的創作上都獲得了豐收，形成了七月派風格。

現在談七月派詩歌。上世紀 30 年代，中國詩壇上歸納起來主要有兩種傾向，一種是左翼作家創作的現實主義作品，但它不夠重視詩的藝術特徵，甚至把詩當作宣傳的工具。另一種是「純詩」作品，但它沉醉在藝術象牙塔裏咀嚼身邊的小小悲歡，編織藝術的幻夢。然 1937 年，抗日戰爭的炮火震撼了所有的詩人，總結歷史經驗教訓，綜合這兩種詩的長處，摒棄它的缺陷，成了詩歌發展的必然趨勢。而代表這種綜合趨勢的是七月詩派。七月詩派正處在新舊時代的交彙上，這為他們提供了吸取古典的、民間的以及外國一切詩歌營養的機會，用以與自己藝術地把握和反映生活感情的旋律結合起來，進行獨特的追求。這種追求主要表現在如下三個方面。其一，倡導現實主義追求高昂的戰鬥旋律。胡風認為：「現實主義者的第一義任務是參加戰爭，用他們的文藝活動，也用他行動全部」，為此，必須「更直接地和生活結合，更迅速地替戰鬥服務」，他強調詩人人格與風格的一致性，「第一是人生上的戰士，其次才是藝術上的詩人」（〈關於題材、關於技巧、關於接受遺產〉）。七月派詩人的實踐與胡風的倡導大體上是相呼應的。他們活躍在各抗日民主根據地、各個游擊區，壯闊的生活為他們

提供了創作源泉，他們竭力把詩歌與抗日戰爭緊密地結合起來。他們的寫作目的非常清楚。艾青是「作為一個悲苦的種族爭取解放，擺脫枷鎖的歌手而寫詩」（《詩論》）。田間宣稱：「詩人的任務是應該赴湯蹈火的，是應該再把中國和它底人民推向這種神聖底民族革命鬥爭的疆場。」（《給戰鬥者‧代序》）。冀汸「企圖歌出我們民族底不可侮與不可征服的潛在力」（胡風《七月》編校記）。綠原高呼：「為祖國而歌！這才是詩人義不容辭而且至高無上的職責。」（《人之詩‧自序》）可見抗日戰爭給予了他們生命、意志和才能，給予了他們嘹亮的歌喉，唱出了高昂的旋律，表達了愛國的情緒。於是，對於他們來說，「詩就是射向敵人的子彈，詩就是捧向人民的鮮花，詩就是激勵、鞭策自己的入黨志願書」（綠原《白色花‧序》）。

其二，倡導主觀戰鬥精神，追求抒情的美學特徵。胡風倡導主觀戰鬥精神，強調作家的主體性，把整個生活實踐和創作過程視為「對於血肉的現實人生的搏鬥」過程。胡風認為詩人對生活應充滿嚴肅認真的思索和熱切的尋求，應具有敏銳的「藝術感受力」和「強力的衝擊力」，在進行藝術構思時，要調動作家自己的感覺和情緒，通過主觀戰鬥欲求的「發揚」和「擴張」，去把握「現實的活的生命」。這樣，在詩歌美學領域裏必須包含詩人強烈的「感覺世界」和「情緒世界」，突出了「主觀精神作用底燃燒」，增強了詩的抒情特徵。例如阿壟的〈題照〉：「面向左／站在熹微的晨光前／以微笑迎接萬花繚亂的來日／以紅血寫詩句／為愛而戰／一手執筆／一手執槍／從八月來／到八月去」。這可看作為七月派詩人的寫照。他們謳歌神聖的民族解放戰爭，他們的詩篇充滿熱情的希望和蓬勃的生機。七月派詩的情感屬於時代的，祖國的前途、民族的命運緊緊牽動著他們的縷縷詩情。因此，他們較多注重戰爭的抒情，往往截取戰鬥生活的一個片斷、一個鏡頭，把詩人的主觀精神楔入客觀對象的深層，抒發出戰爭環境中某種典型情緒。如抗日戰士在雪地跋涉（彭燕效〈不眠的夜星〉、〈歲寒〉）；戰士月照征途下的遐想（孫鈿〈我底月光曲〉）；部隊宿營在貧瘠的村莊

（鄒荻帆〈雪與村莊〉）等等。這些詩從多側面、多角度展示出抗日戰士的生活和情操，雖然只是戰鬥長河裏濺起的一朵浪花，格局不大，但所蘊含的意境是深遠的，表達的感情是濃烈的。而一些住在抗日根據地的七月派詩人，也以不同的主觀心靈去領悟絢爛多彩的現實生活。例如魯藜的《開荒曲》寫的是延安地區的開荒生產，墾荒播種觸發了詩人的情感：「讓我們的鋤頭和你親個嘴巴，土地！我們是你最好的老朋友勞動者呀，別害羞。」詩人把主觀精神擁入客觀對象，在開荒播種的同時，也在自我審察著內心世界。感情的昇華凝成一種熱愛土地與勞動的美感。阿壠的〈再生的日子〉是詩人在戰鬥中負傷後的歌唱：「我／第二次誕生了／沐著血我和世界再見／我是一個渾身上下紅盡了的人！／當有血的時候是沒有眼淚的／一個兵是沒有一滴眼淚的／一滴朝露那樣小小的也沒有啊／流血的人不是流淚的人。」這裏沒有氣勢恢宏的場面，沒有風吼雷鳴的呼喊，但迴蕩著強大的生命旋律，以淋漓的感情叩動著讀者的心扉。古今中外的詩論都強調詩抒情的本質，然七月派更注重主觀精神的突進，他們將作家的人格、情感、審美趣味都強力地滲透到客觀對象之中，化為藝術的血肉，形成了七月派獨特的抒情色彩。當然，七月派具有共同的思想傾向和藝術的追求，並非說他們之間沒有個性。阿壠的詩風深沉嚴峻；化鐵以恢宏氣度描繪時代風雷；彭燕郊在戰鬥中流露出蒼涼沉鬱的情緒；杜谷感情細膩而深沉，發出微風柔情；魯藜短章精緻，閃爍著水晶般的透明光彩；綠原的抒情格調高昂，具有狂飆氣勢。他們把多樣的藝術個性和諧地統一在抒情風格中。阿壠有過分析，他說七月詩派的「北方的詩是強毅的推進，歡樂的進軍，南方的詩是激越的戰鬥、慘痛的雄辯」（〈詩的戰略形勢片論〉）。這是區別解放區和國統區七月派的不同色調。前者明朗歡快，後者凝重悲憤。這是不同政治氣氛在詩人心靈上的反映。而從總的來看，七月詩派的詩作都閃爍著主觀精神的光芒。

其三，倡導「世界進步文藝」，吸取現代詩歌流派的營養。1940年前後，在重慶曾展開過關於「民族形式」問題的討論。當時有人主

張「運用舊形式來表現革命的現實主義」。胡風寫了《論民族形式問題》的小冊子。其中他認為新文學必須接受「世界進步文藝」的「思想、方法、形式」，從而「獲得了和封建文藝截然異質的、嶄新的姿態」。他敏感地覺察到「民族形式」的口號被農民意識所利用，變成「民粹主義」復活的契機。因此，他竭力從現代化的意義上去解釋「民族形式」的含義，將文學的民族化與現代化統一起來。這統一起來的工作，做得最好的應該說是艾青與田間。艾青與田間是七月詩派的開拓者。艾青早年在法國留學時，受過法國象徵派的影響。但他剔除象徵派任意玩弄意象組合和晦澀難解的神祕色彩，主張「用可感觸的意象去消泯朦朧、暗晦的隱喻」（《詩論》），在形象背後，滲入某種象徵的意蘊。他結合中國詩歌，批判地借鑒和吸收象徵派的暗示、隱喻、借喻的手法，大大豐富了詩歌的創作技巧。他發表在《七月》上的〈雪落在中國土地上〉、〈北方〉、〈乞丐〉和〈向太陽〉，其象徵性意象和激越深沉的感情交織在一起，顯示出詩人創造意境的獨特匠心，既有廣闊的自然與社會實景的寫照，又有內心洶湧澎湃的感情抒發，虛與實達到了和諧的統一。〈雪落在中國的土地上〉是艾青 1937 年 12 月在武昌一間陰冷的屋子裏寫下的。他當時抱著急切投入戰鬥的決心，從家鄉浙江到武漢，但這座被稱作抗戰中心的城市裏，詩人並沒有看到民族存亡關頭所應有的昂奮和緊迫的氣氛，權貴們仍在作威作福，處處是窮困和饑餓，他感到異常的失望，一顆火熱的心彷彿被冰封雪埋了一般。他深切地感悟到了古老的民族在解救自身的戰爭中所承受的深重的災難，而廣袤的土地和億萬生靈的命運也將要度著極為艱辛的日子。詩人意識到這場民族解放戰鬥、通往勝利的道路是寒冷的，泥濘而曲折的。這無邊無涯的感覺世界，既是歷史痛苦的延續，也是嚴酷的客觀存在，它強烈地震撼著詩人的心靈，於是他整個身心的裏裏外外感到一種彌天的、透骨的寒顫，詩人寫下這首比雪還要寒冷的詩，並在詩中反覆地呼號：「雪落在中國的土地上／寒冷在封鎖著中國呀……」這首詩在當時文藝界引起了強烈的反響，有力地衝擊了當時詩歌創作的

平庸狀況。其原因，是詩人把戰爭實際的空間清醒地置於真實的基礎上進行思考和創作，透過充滿具象的描寫，讀者感受到了全詩浸透著憂患得令人奮發的情感，所有的細節都潛含著覺醒了的民族的痛苦和復仇的火焰。這首詩中的悲哀的老婦、垢面的少婦、林間的馬車、塞外的寒風、墾殖的農民都超越了具象本身的意義，成為了一種時代的象徵。這裏，艾青追求畫面的蒙太奇，超越傳統詩學的時空局限，吸取了現代派詩歌的手法，使詩歌含蓄蘊藉，深刻雋永。田間雖然不像艾青那樣重視意象創造，但他也注意從生活直覺中構成形象。長詩〈給戰鬥者〉，詩人以粗獷的筆勾勒出血火交進的場面，擺脫生活表象的羅列，注重直覺意象和場景的鋪排，造成疊奏、複遝，加強了詩的藝術效果。詩人那鼓點式的節奏、跳動的旋律沉重地搏擊著讀者的心靈。七月派詩人深受艾青、田間的影響。在堅持現實主義的原則下，也廣泛吸取現代詩歌的多種藝術養料，借鑒各流派的藝術經驗。魯藜的〈紅的雪花〉抒寫戰士犧牲後，「血和雪相抱／輝照成虹采的花朵」，在深深的哀思和幻化的意境裏，寄託著希望。「太陽光裏／花朵消溶了／有種子掉在大地裏」，象徵的手法賦予詩篇濃厚的浪漫主義色彩。阿壟的〈無題〉有意避開明晰的詞語，而採用朦朧手法，把意象呈現出來，在含蓄的詩意中，蘊藏著真摯的深厚感情，給讀者以無限的回味。莊湧的〈突圍令〉採用未來派手法，在形式上表現了力學的特徵。鄭思的〈秩序〉也帶有歐美現代派詩歌的烙印。七月派詩人後期還寫了許多政治抒情詩和諷刺詩，試圖從更深刻的政治思維層面去把握歷史的進程，因之，前期那種昂奮的情緒逐漸化為冷峻的思辯，並昇華為哲理。總之，七月派詩作由於詩人要發揮主觀戰鬥精神，往往狂放不羈地抒發感情的起伏變化，這就導致了它缺乏必要的節制，在創作中留下蕪雜的痕跡。這應該算它的不足。

下面談七月派小說。七月派小說作家代表人物有丘東平、彭柏山、路翎、吳奚如、賈植芳、冀汸等。他們的小說創作深受胡風文藝思想的影響，在創作目的、創作對象、創作原則上都有獨特之處。現分別

做些介紹：創作目的，七月派作家與他們極力反對的「客觀主義」派都有明確的創作目的。胡風批判的「客觀主義」是指當時以茅盾為代表的社會剖析派小說。七月派與社會剖析派都是運用現實主義創作方法的，他們都認為文學應當為社會人生服務，應起到指導人生的作用。但是社會剖析派主要是從經濟與政治的角度剖析社會、揭示社會本質，因此重視人物的階級屬性，並根據社會經濟狀況來決定人物的社會關係，特別是從階級關係來判斷中國社會的性質。他們的創作是通過對社會結構的精確剖析與形象展示，提高讀者對社會的認識。而七月派儘管不否定經濟、政治諸因素對社會發展的決定作用，承認人不能脫離社會，但是在「人」與「社會」之間，他們更側重於「人」。「文藝作品並不是社會問題的圖解或通俗演義，它的對象是活的人，活人的心理狀態，活人的精神鬥爭。」（胡風《人生‧文藝‧文藝批評》）所以文學作品應著眼於具體的活的個人的精神世界。七月派的創作目的就是要從精神上喚醒人、影響人，甚至改造人。於是七月派認為小說的主要任務並非剖析社會結構，而是表現在一定社會土壤裏形成的千變萬化、紛紜萬狀的人的精神狀態，使人們由盲目創造歷史轉向自覺創造歷史。七月派與社會剖析派的另一個不同之處是對文化傳統影響力的不同看法。社會剖析派認為改變了社會經濟結構、政治制度，那麼也會改變人的精神面貌。而七月派認為「政治鬥爭或實際鬥爭的勝利，並不就能結束這個佈滿了幾千年的精神奴役創傷的中國；它只是一個新的開始。為了徹底地消滅舊文化，舊道德觀點，舊的人生態度和感情，舊的家庭關係和男女觀點，需要堅持的艱苦的鬥爭」（路翎〈關於文藝創作底幾個基本問題〉）。因此，七月派始終堅持反封建的啟蒙思想，堅持反精神奴役的鬥爭目標，運用小說追尋造成這種奴役、壓迫人的精神根源。這種探究人格成因的方法，當然也涉及到社會的經濟和政治生活，然七月派只把它當作產生人格原因的背景，而側重點在於描寫人物身上的二元對立。這種對立不只再現在人物之間，更多的是表現在人物的內心世界。也就是說，它不只表現在弱者與強者、

壓迫者與被壓迫者之間的矛盾對立，更多的是表現人物自身的奴性與反奴性之間的激烈鬥爭以及互相的轉化過程。七月派試圖以其創作啟動人民身上的反抗精神，鞭撻、消除其奴性。用他們的術語說，就是借張揚「原始的強力」去消滅「幾千年精神奴役的創傷」。

創作對象，七月派小說的創作目的確定為治療人民大眾幾千年精神奴役的創傷，它採取的是正面激勵和反面鞭撻兩種辦法。激勵人民潛在的原始強力，鞭撻的是其屈從忍讓的奴性。於是他們大多是以人民為生存、為尊嚴、為自由幸福而進行人生戰鬥的人物為描寫對象，表現人物所經歷的心理變化和心靈搏鬥。歸納起來大致有這麼幾個類型。1.戰士或英雄的奮鬥；2.弱者的覺醒與反抗；3.人的生命追求與人的理想願望；4.被奴性所控制的人之可憐或可厭或可悲；5.知識份子走向人民的心路歷程。丘東平的小說多屬第一種類型。他有好幾篇小說寫到抗戰中國軍節節敗退的情況，但他只以此為背景，集中塑造的是一些不怕犧牲、奮起抵抗，甚至為抵抗而違背軍令的下級軍官和士兵形象。〈一個連長的戰鬥遭遇〉中的林青史不顧上級命令率部抵抗，明知自己要因此而被槍決，但「為了成全自己的人格，他決不逃遁」，「對這嚴峻的刑罰卻一點也不為自己辯護」。〈中校副官〉中的主人公對長官的敬重前提，是「讓自己的部屬在火線上和敵人比一比身手，不要發下退兵的命令就好了！」當他一向崇拜的軍長下令撤退時，竟衝動地大罵軍長，導致被槍斃。這些小說突出表現戰鬥中基層軍官與士兵的英勇行為和英雄性格，刻畫作戰過程中人物的心理過程。他的小說雖然寫戰爭的殘酷，但其主調不在通過表現戰爭殘酷來譴責戰爭呼籲和平，而是以年輕人的熱血點染戰爭場面的壯麗。他把戰爭看作激發人民鬥爭勇氣和獻身精神的契機。抵抗、戰鬥、獻身就是這些英雄們的最高道德準則，作品充滿陽剛之美，並無絲毫的哀傷情緒，沒有意識形態的宣傳，有的只是對戰士剛強性格的張揚。賈植芳的小說《在亞爾培路 2 號》、《人的鬥爭》、《血的記憶》是以監獄生活為題材的。這些難友思想境界不一，社會身分也不相同，但他們都維護自己的人

格尊嚴，為此可以忍受各種殘酷的刑罰，蔑視死亡的威脅。吳奚如的《割棄》、《未了的旅程》則以隱蔽戰線上革命者的鬥爭為題材，反映了主人公為革命不惜割棄一切的決心和在險境中的沉著與機智。路翎的《在鐵鏈中》的何德祥老漢只是一介草民，但他寧肯做苦役也不向惡霸劉四老闆屈服，也不愧是一個英雄。七月派小說中還有一類表現弱者由覺醒到反抗過程的作品。如路翎的《蠢豬》、《燃燒的荒地》，彭柏山的《夜渡》，吳奚如的《劉長林》等都是既提示了人物的「精神奴役的創傷」，又顯示了他們覺醒後「原始強力」所暴發的出人意料的反抗精神。七月派小說中還有一類表現小人物對生活理想願望的追求。如《王家老太婆和她的小豬》、《老的和小的》、《草鞋》，分別在小豬、糖食擔子與一雙草鞋上寄託了小人物的希望和憧憬。在這些弱小人物的瑣細生活中，作者發現了人的尊嚴與追求幸福的意志並予以肯定。七月派小說非常重視描寫人物內心的變化。如丘東平的《通訊員》，彭柏山的《崖邊》、《某看護的遭遇》，冀汸的《走夜路的人們》都寫人物心靈的矛盾。而路翎的〈羅大斗的一生〉更是一篇傑作，可以說羅大斗這一形象就是魯迅筆下阿 Q 形象的發展或補充。鞭撻奴性是這一小說的主題。但羅大斗之死以及死前的心理與行為，顯示出來的形象複雜性，恰恰說明了小說的獨特和深刻。羅大斗是在一個獨特的環境中長大的。破落的家庭、父親的嬌縱與母親的虐待造就了他怯懦而又虛榮，充滿奴性又極力想逞強的性格。這在羅大斗內心產生了尖銳的矛盾，心靈的搏鬥最後他自殺了。然他的自殺反抗也只是帶有奴性的反抗。正如作者在寫羅大斗心理時所議論的，像這種奴性深入骨髓的人，只有用刀刺、火燒、鞭撻、謀殺這種「絕對的力量」，才能刺激起其生命的強力。丘東平的《茅山下》，路翎的《谷》、《青春的祝福》以及長篇《財主底兒女們》寫到了青年知識份子在走向社會、走向生活時的心路歷程。這些青年都懷有一腔熱血，充滿為理想而搏戰的激情，但由於各人的情況不同，最後的結局各不相同。蔣少祖由於未能融入人民之中，終於失去了往日的熱情，跌進復古主義的泥坑。蔣純祖由於

身內殘留的個人主義，仍未能實現真正的個性的解放。周俊則在與人民的磨合之中，經過思想與性格的搏鬥，最後逐漸產生和諧，走向新生。七月派在這裏所理解的知識份子與人民的結合，不是簡單的一方教育同化另一方，而是經過鬥爭磨合而實現的雙方共同的飛躍。知識份子用先進思想啟發、教育和改造帶有精神奴役創傷的人民，人民則以自己頑強的生命意志影響和感染知識份子，幫助他們克服自身的軟弱，最終實現共同的真正解放。而實現這一切靠的就是為理想而搏戰的熱情。

創作原則，七月派堅信現實主義，所以主張把握客觀世界的真實。然而他們反對「客觀主義」，提倡主觀「突入」客觀，發揚實踐精神與戰鬥精神。於是七月派的創作原則，首先是強調對現實生活的親身體驗和感受。七月派成員都是現實鬥爭的積極參與者，丘東平、彭柏山、吳奚如都是革命戰士，他們的作品多採用自己親自參與體驗的戰鬥生活。賈植芳多次入獄，因此他最感人的小說就是他描寫牢獄生活的篇章。路翎曾在煤礦場當過辦事員，家居礦區還下井參觀過，對礦工生活有真體驗、真感受，所以讀他以礦工生活為題材的小說，格外生動。其次，強調作家要有「燃燒似的熱情」。七月派反對「客觀主義」就是認為客觀主義對生活冷漠，作家創作時始終與對象保持距離。於是在七月派的作品中都使人感到一種熾熱的激情，裏面浸透了作者鮮明的愛憎。由於寫的內容都是作者體驗和感受過的，作者自己的全部熱情與生命熔鑄在作品中，對於人物或是熱情讚美，或是深切同情，或是憤怒鞭撻，而不進行冷靜的剖析。他們把創作看作一場戰鬥，當作自己追求和歌頌光明、詛咒和否定黑暗的一個戰鬥過程。七月派作家大都具有寧為玉碎不為瓦全的鬥士性格，所以反映在他們作品中就暴發出燃燒般的激情。再次，強調「堅強的思想要求」。所謂「堅強的思想要求」是指作家對社會人生的獨立見解。這些見解來自作家切身的體驗與個人感悟，而非外部灌輸的什麼理論觀點。所以七月派追求文

學社會功利效果時，不用作品去圖解某一社會課題、說明一種理論主張，而是以其情感的衝擊力與感性的滲透力給人以啟發與激勵。

　　七月派文學處於 20 世紀文學發展的轉折時期。它作為流派的構成方式和形式特徵；在理論與創作上的現實主義探索；它置身於文學左翼同時又匡正左翼文壇上的偏向；既體現時代風尚又堅持個性姿態的風格；乃至它盛衰沉浮的命運；在中國 20 世紀文學發展史上都具有典型性。因為，我們對它的全面認識和深刻把握都還不夠，仍有待於後人的努力。

第十八章　九月詩派

九月詩派的稱謂源於 1981 年江蘇人民出版社出版的九位詩人作品的合集《九葉集》。這九位詩人是：辛笛、陳敬容、杜運燮、杭約赫、鄭敏、唐祈、唐湜、袁可嘉、穆旦。袁可嘉在為《九葉集》寫的序言中說：「讓這九片葉子，在祖國百花爭豔的詩壇上分享一點陽光，吮吸一絲雨露吧！」從此，人們對這個流派便以九葉詩派相稱呼。

其實，九葉詩派形成並成熟於上世紀 40 年代。九葉詩人是一群具有強烈社會責任感、歷史使命感的青年。但他們登上詩壇的初期還只是「尋夢者」，知識份子的清高習氣和自我小天地的生活情趣，使他們對人生和時代的認識抱有超然態度，正如唐湜所說：「我那正直的桅杆／被狂暴的巨浪擊斷了」，「於是／在茫茫的海上／我的小舟迷失了方向」（〈海上〉）。但他們很快受到了時代潮流的衝擊，決定中國命運的驚心動魄的生死搏鬥，使他們擺脫了「超然」的態度。正如鄭敏所說：「在長長的行列裏／『生』和『死』是不能分割／每一個／回顧到後者的艱難／把自己的肢體散開／鋪成一座引渡的橋樑」（〈時代與死〉），表示了一種為時代的獻身精神。從此，他們逐步統一了對文學與時代，文學與現實的關係的認識，開始集結。1947 年 7 月，曹辛之（杭約赫）在上海創辦星群出版社，出版詩刊《詩創造》。在創刊號的〈編餘小記〉裏明確提出了編輯方針。它首先強調了爭取和平民主的大目標，而注意團結各階級、各派別的力量；再是重視表現重大社會生活題材，但也歡迎抒寫個人悲歡的作品；同時還鼓勵詩人嘗試用勞苦大眾喜聞樂見的詩歌形式寫作，但也尊重詩人對詩歌「高級形式」的探索。正由於這個既是同人又兼收並蓄的刊物，一方面團結了具有

各種藝術風格的詩人，另一方面他們幾位年輕詩人的作品和藝術主張
也有了更多發展的平臺。他們由於藝術觀點相似、詩歌風格接近，逐
漸成為支撐這個刊物的主要成員。這時流派已初具雛形，《詩創造》也
成了「稍帶同人性的園地」。《詩創造》每月刊行一輯，每輯都以集子
中的某一首詩題為輯名。自 1947 年 7 月至 1948 年 6 月出刊十二期，
依次為：《帶路的人》、《丑角的世界》、《骷髏舞》、《饑餓的銀河》、《箭
在弦上》、《歲暮的祝福》、《黎明的企望》、《祝壽歌》、《豐饒的平原》、
《美麗的敦河呵》、《燈市》、《嚴肅的星辰們》。1948 年 7 月至 10 月出
四輯，依次為：《第一聲雷》、《土地篇》、《做個勇敢的人》、《憤怒的匕
首》。不過這四輯並非九葉詩人編輯的，改由田地、方平、沈明主編，
九葉詩人也不再在上面發表作品。而九葉詩人在星群出版社另外辦了
一個《中國新詩》的刊物。《中國新詩》一直以九葉詩人的詩作和理論
佔據主要版面，鮮明地是一個「同人」刊物。詩與論兩方面的見解一
致。於是九葉詩派正式形成，《中國新詩》是這個流派的主要陣地。《中
國新詩》創刊號上明確提出了這個流派對詩歌的主張。在《我們的呼
喚——代序》中表現了他們對黑暗現實的無比憎惡與進擊意識；對生
活的無限眷戀和深沉熱愛；對人生應有的進取與自身靈魂的審視；對
藝術的嚴肅態度與藝術個性的執著追求。這一切都體現了他們對歷史
和時代的高度責任感與強烈使命感。《中國新詩》也是每月一輯，但只
出了五輯就被迫停刊了。這五輯是：《時間與旗》、《黎明樂隊》、《收穫
期》、《生命被審判》、《最初的蜜》。同時他們還編輯出版了兩套詩歌叢
書。它們是 1947 年由星群出版公司出版的「創造詩叢」共十二種，即
杭約赫的《噩夢錄》、唐湜的《騷動的城》、吳越的《最後的星》、黎先
耀的《夜路》、蘇金傘的《地層下》、李搏程的《嬰兒的誕生》、沈明的
《沙漠》、方平的《隨風而去》、青勃的《號角在哭泣》、田地的《告別》、
康定的《掘火者》、索開的《歌手烏卜蘭》。這套叢書的出版，當時被
譽為「轟動全國詩壇的一件盛事」。1948 年，森林出版社出版了「森
林詩叢」八種，即陳敬容的《交響集》、杭約赫的《火燒的城》、唐祈

的《詩第一冊》、唐湜的《英雄的草原》、莫洛的《渡運河》、方敬的《受難者的短曲》、辛勞的《捧血者》、田地的《風景》。這些都顯示了這批青年詩人耕耘的業績。遺憾的是，這個經過了長期醞釀的詩歌流派，正式活動只有四個月，1948 年 11 月，《詩創造》、《中國新詩》、星群出版社、森林出版社同時被當局查封。九月詩派的活動也到此結束。但在中國現代文學的天宇裏，它永遠是一顆明亮的星。

九葉詩人深受西方現代主義文學的影響，特別是艾略特、奧登、里爾克、史班德。艾略特是西方現代主義思潮的代表之一。他以詩的經驗代替情緒的主知化傾向和非個人化的追求，為詩與哲學融合開闢了新的途徑。他的代表作〈荒原〉力圖通過象徵性的意象內涵，展示出現代西方世界的沒落現象和大戰後迷茫的一代的悲觀情緒，標誌著象徵派詩歌已衝出窄小的「純詩」天地，向現代社會與人生現實發展。九葉詩人所處時代正是中國命運大決戰的年代，他們心頭的理想，所追求的光明與眼底現實的黑暗，驅使他們去思考國家的前途和人民的命運。於是他們與艾略特的思想比較吻合。艾略特以知性化的情感與經驗作為抒情的骨架，以個性意識作為抒情精神之光，以象徵性的意象內涵對社會現實的觀照，九葉派詩人的藝術思維與之非常接近，容易為他們所接受。而艾略特反對詩歌的自我表現，主張「非個人化」，認為「詩不是放縱情感，而是逃避感情，不是表現個性，而是逃避個性」（〈傳統與個人才能〉），因此，要求把個人感情，經過一種轉化，形成一種普遍性的藝術情緒。這點也被九葉派詩人所接受。九葉派詩人認為，文學反映生活，不是複寫生活經驗，而是要構建一種寫實與象徵相融合的多層面輻射體。他們不贊同浪漫主義那樣直抒主觀情感，把詩當作情緒的「噴射器」。袁可嘉指出新詩有兩種平行通病：說教與感傷，兩者都只是表現自我，「流於赤裸裸的陳述，缺乏認識的抽象結論」。他特別對新詩中的感傷傾向提出尖銳批評：「以為詩是激情流露的迷信必須擊破，沒有一種理論危害比放任感情更為厲害。」（〈新詩戲劇化〉）所以他們極力主張放逐抒情，積累文學經驗。而所謂文學

經驗就是生活經驗沉入潛意識之後,「受了潛移默化的風化作用,去蕪存精,而以自然的意象或比喻的姿態,浮現於意識流中時,浮淺的生活經驗才能變成深厚暗示力的文學經驗」(唐湜〈辛笛的《手掌集》〉)。這就要求詩人在反映現實時要極力融入自己的思考評價,並盡量使之與觀照對象互相滲透於客觀對應物,使詩歌轉換成一種提煉與昇華了的經驗。這種「思想知覺化」的表現手法,適合形象思維的特點,「使詩人說理時不陷於枯燥,抒情時不陷於顯露,寫景時不限於靜態」(袁可嘉《九葉集·序》)。

　　九葉詩派在學習西方現代主義「思想知覺化」理論的同時,也有自己的新理論主張,即「新詩戲劇化」和「新詩現代化」。袁可嘉提出「新詩戲劇化」。他說:「設法使意志與情感都得著戲劇的表現,而閃避說教或感傷的惡劣傾向。」這裏的「戲劇的表現」,包括「盡量避免直接了當的正面陳述而以相當的外界事物寄託作者的意志與情感」,避免直接「粘於現實,而產生過渡的現實寫法」和「直露地宣洩激情」,要有「不可或缺的透視或距離」(〈新詩戲劇化〉)。新詩應像戲劇那樣選用外界客觀對應物寄託作者情思,造成距離感和陌生感的效果。陳敬容也一再告誡作者既要深入現實,對「人生」有貼切感,「但又不要給現實綁住」(〈真誠的聲音〉)。唐湜主張「深入」、「紮根」於現實生活,認為「詩必須在那土地裏深入地植下自己根,才能有繁花碩果的希望」(〈論風格〉)。九葉詩派還提出「新詩現代化」的主張。袁可嘉認為:「現代詩的主潮是追求一個現實、象徵、玄學的綜合傳統」(〈新詩戲劇化〉),「現實表現於對當前世界人生的緊密把握,象徵表現於暗示、含蓄,玄學表現於敏感多思,感情、意志的強烈結合及機智的不時流露」(〈新詩戲劇化〉)。他們強調知性在詩創作中的地位,認為現代詩不僅動人以情,更要啟人以思,做到知情合一。唐湜說應該「把詩視為深思熟慮的結果,一種智慧和毅力造成的大建築,一種意志和分析力的產品」(〈梵樂希論詩〉)。陳敬容也認為:「現代是個複雜的時代,無論在政治、文化以及人們的生活上、思想上和感情上,作為一

個現代人，總不可能怎樣單純」，「得用複雜錯綜的情緒，多方面（而也就更有力地）發揮詩的功能」（〈真誠的聲音〉）。因此，詩多少帶一些智的成分，「詩應該出抽象的理性化象徵化而走入深層的意識流」（唐湜〈嚴肅的星辰們〉），使思想呈現出一種經驗形態，把詩人官能感覺、抽象觀念和熾熱情緒融為一體。這種詩的現代化，是立足於世界文藝思潮發展趨勢和新的現代人審美意識上的，有別於「五四」以來新詩的單純性。由此看來，九葉詩派的主張是艾略特詩學的一個發展。但他們在吸收西方現代派詩學與技巧時，又沒有盲目崇拜或不加選擇地接受，有自己的創新。袁可嘉一再聲稱：「我們絕無理由把『現代化』解釋為『晦澀化』」（〈新詩戲劇化〉）。他們與戴望舒、卞之琳等人的「現代詩派」在藝術上有承繼關係，然其理論主張和創作實踐，兩者都有著很多區別。九葉詩派在中國現代詩歌的發展上自有它的獨特貢獻。

　　九葉詩派的創作在內容上最大的特點是虔敬地擁抱真實的生活，從自覺的沉思裏發出懇切的祈禱，呼喚並響應時代的聲音。他們不用誇張的宣傳主義，也不用唯美派的空喊，而是參與艱苦而複雜的現實生活，接受歷史的真理召喚，通過他們的現代藝術形式來訴諸表現。他們敘寫人民的苦難、覺醒和鬥爭。例如陳敬容的〈冬日黃昏橋上〉，寫她站在上海外白渡橋上，望著匆匆回家的人們，望著靠岸船隻送來的一批批旅人，通過聯想，抒寫了人民饑寒交迫的情況：「當夜晚到來⋯⋯多少人要彷徨尋找／一個牆角／屋隅／或是／隨便什麼躲避寒風的所在／躺下去／也許從此不再起來」。而鄭敏的目光則轉向了在生命線上掙扎、和死亡進行馬拉松賽跑的「人力車夫」。寫下了詩篇〈人力車夫〉。人力車夫是被壓在社會底層的勞動人民，是「為他人的目的生活」的人，而自己「舉起，永遠地舉起，他的腿／奔跑，一條與生命同始終的漫長道路，／寒冷的風、饑餓的雨，死亡的雷電裏／舉起，永遠地舉起，他的腿。」九葉詩人們敘寫人民苦難的詩有許多，如唐祈的〈挖煤工人〉，做了更慘痛的描述，他們無日無夜在挖掘，「很快，生活只會剩下一幅枯瘦的骨骼」，「到死，一張淡黃的草紙，想蓋住因

憤怒張開的嘴唇」。辛笛的〈風景〉、唐祈的〈最末的時辰〉、陳敬容的
〈邏輯病者的春天〉等,都是詩人對貧窮、饑餓、死亡現實的洞察與
剖析。他們還寫可貴的自我犧牲精神。他們處在全民抗戰的時代,內
心的民族意識逐漸覺醒,對日本侵略者的仇恨與憤怒,凝結起來產生
了可貴的自我犧牲精神。穆旦在〈讚美〉一詩裏熱情歡呼:「一個民族
已經起來!」,唱出了時代的歷史心聲。過去,農民祖祖輩輩以「粗糙
的身軀移動在田野中」;現在,「他只放下了古代的鋤頭,再一次相信
名詞,溶進了大眾的愛」。他們懂得,民族獨立與人民解放的凱歌必須
用血來寫成,故「堅定地,他看著自己溶進死亡裏」。這是一個偉大民
族的象徵。於是詩人獻上了赤誠和讚美:「我要以一切擁抱你,你,我
到處看見的人民呵,在恥辱裏生活的人民,佝僂的人民,我要以帶血
的手和你們一一擁抱。因為一個民族已經起來。」鄭敏在〈力的前奏〉
裏也這樣預言:「在大風暴到來之前/有著可怕的寂靜」,「全人類的熱
情匯合交融/在痛苦的掙扎裏守候/一個共同的黎明。」九葉詩人以
無可遏止的鮮明愛憎刻畫了形形色色的人生世態,如杜運燮的〈追物
價的人〉寫了物價飛漲,民不聊生的現實。杭約赫的〈噩夢〉、唐湜的
〈騷動的城〉寫了反對內戰,爭取民生。當然他們也堅信未來,憧憬
光明,如辛笛〈春天這就來〉、鄭敏的〈春天〉、唐湜的〈我的歌〉、杭
約赫的〈神話〉、穆旦的〈旗〉等。九葉詩人還對知識份子自身進行審
視。他們有相當多的作品表現蕩漾在內心深處的感情漣漪。鄭敏在〈求
知〉中嘆息自己正走著一條望不見盡頭的路,在這條路上有的長眠了,
有的繼續在走,但前面是果園?是荒塚?於是,她在〈寂寞〉中袒露
自己內心的苦痛:「寂寞咬我的心像一條蛇」。袁可嘉在〈旅店〉裏也
這樣描述「無情的現實迫使我們匆匆來去,留下的不過是一串又一串
惡夢」,這些正是他們在當時生活環境中內心憂傷的傾訴。但這種複雜
的矛盾心態很快有了改變,要求投身於現實生活的海洋,去尋找新的
世界,實現一個新的自我。因此,唐湜在〈劍〉中這樣表示:「我曾想
愛一把劍使自己流血/痛苦裏我創造一個嶄新的自己/有箭的鋒利/

水的堅韌／更有年青的野獸那樣的奔突直前。」反映了他們思想的覺醒，決心同個人主義決裂的願望。總之，九葉詩派的題材是非常廣闊豐富的。因為「我們是一群從心裏熱愛這個世界的人，我們渴望能擁抱歷史的生活，在偉大的歷史光耀裏奉獻我們渺小的工作」（《我們的呼喚——代序》）。

　　九葉詩派在藝術上具有鮮明的特徵。艾青在《中國新詩六十年》中指出：九葉詩派「接受了新詩的現實主義傳統，採取歐美現代派的技巧，刻畫了經過戰爭大動亂後的社會現象」。他們的詩不僅有中國古典詩詞的藝術痕跡，更多的是受到了西方現代派詩藝的影響，其藝術特徵概括起來有如下四點。

一、刻意運用「思想知覺化」的藝術原則。九葉派詩人不僅學習和發展了「思想知覺化」這一理論，而且其詩歌創作多是這一理論的實踐。他們在創作中注意捕捉和描繪具體感性的形象，並依靠它來暗示詩人的抽象的思想和情緒，而讀者則是從詩人創造的新穎意象中去感知作者的思緒。如辛笛的〈寂寞所自來〉，就是運用了種種可感知的意象，表現了詩人對寂寞的獨特感受。「兩堵矗立的大牆攔成去處／人似在澗中行走」，周圍是「垃圾的五色海」，「只有城市的腐臭和死亡」；歷史時代雖然已從「黑暗的時光在走向黎明」，但整個宇宙仍是「寵大的灰色像」。處在這樣的環境裏，「你站不開就看不清摸不完全／呼喊落在虛空的沙漠裏／你像是打了自己一記空拳」。這裏表現詩人內心的思緒，不是採取直接的傾訴，而是通過各種形象化的描述來完成的。這種「間接性」的「戲劇效果」，揭示了人遠離時代潮流便會產生寂寞的主旨。鄭敏在〈春天〉一詩中對春天的讚美，詩人先描繪春天「好像一幅展開的軸畫／從泥土／樹梢／才到了天上……／又像一個樂曲／在開始時用／沉重的聲音宣佈它的希望／這上升／上升終成了／無數急促歡欣的聲響」，接著又「像一位舞蹈者／緩緩地站起／用她那『生』的手臂／高高承舉：／你不看見嗎？枯枝上的幾片新葉／深黑淡

綠讓細雨浸透了一切」。這裏有畫面、有音節、有舞蹈的可感意象，暗示出一個勃勃生機的春天。他們的詩充分發揮形象的作用，把官能感覺的形象性和抽象的思想觀念、熾熱的情緒密切地結合起來，成為一個孿生體，這是九葉詩派的創新。

二、廣泛運用現代詩歌中的象徵、暗示、想像的藝術手法，在詩中組成意象繽紛的境界，以發掘人物內心的奧祕。他們避免了西方現代派詩中的枯澀、晦暗，以及神祕恍惚的氣氛和陰悒悱惻的情調，表現為含蓄明朗、情緒健康、格調高昂，因此產生了一種醇濃的美感。如袁可嘉的〈旅店〉，整首詩採用擬人化的手法，詩中「旅店」擬人化為一位心地善良的友伴形象：他「對貼近身邊的無所祈求」，他的「眼睛永遠注視著遠方」，接納所有帶著「同一種痛苦」的旅人。然而現實生活的慌亂與驚恐，以及為生活奔走的倉促步履，使我們愧對「你」的好意，「留下的不過是一串又一串的惡夢」。作品將生活內容與詩人思緒滲透在形象之中，增強了藝術的感染力。這裏，「旅店」本身並無實質上的意義，它所象徵的似是現實生活中那些能給在黑暗中彷徨的旅人帶來慰藉和安歇的社會力量。九葉詩人常常通過所描繪的富有物質感的形象來暗示詩人自己的思緒。也就是說，他們常常賦予各種具象以象徵的意義。如陳敬容的〈有人向曠野去了〉，詩中寫道：「有人向曠野去了／高大的身體越來越小／每一步把影子拉長／夕陽更斜／黑暗漲大了。」「曠野的邊上是大海沉沉／風送來澎湃的濤聲／遍野的草一夜裏全綠了／有人在海上歌唱著清晨。」這裏描寫的是一個不怕黑暗、不畏風濤的形象，他奮勇向前迎接遍野全綠的清晨。詩作的意思非常明白，表明詩人在黑暗的社會裏對未來光明的追求。又例唐祈的〈霧〉，詩人借用「霧」構成意象，暗示在高壓統治下，人民不得自由和當局倒行逆施的現實。上述種種新穎的構思以及象徵手法的運用，充分表現了詩人豐富的想像力與新鮮的創作活力。

三、飽含樸素而深邃的哲理。在九葉派詩作中，詩思非常冷靜，關注思想觀念的「物化」，從不做抽象的哲學推理和演繹，而是把來自生活的哲理與具體形象結合起來，即使極為抽象的政治或哲學概念，也往往從客觀生活的具象描寫中邏輯地引申出來，給人以啟迪。鄭敏的〈時代與死〉、〈貧窮〉、〈荷花〉，陳敬容的〈律動〉、〈劃分〉、〈群象〉、〈力的前奏〉，辛笛的〈寂寞所自來〉、〈邏輯〉等都有哲理化傾向。〈時代與死〉，鄭敏從歷史發展的規律闡述了生與死的價值和意義。人若為解放而鬥爭，那「生與死不能分割」，「死也就是最高潮的生」。為時代而死並不意味著毀滅和悲哀，「不過是一顆高貴的心／化成黑夜裏的一道流光／照亮夜行者的腳步」。最後詩人用比喻來說明為人民而死的光榮：「這美麗燦爛如一朵／突放的奇花／縱使片刻間／就凋落了，但已留下／生命的胚芽。」九葉詩人的詩作不僅富有哲學思考，而且從中還能看到政治觀念的陳述。辛笛悼聞一多的〈邏輯〉一詩是這樣寫的：「對有武器的人說／放下你的武器學做良民／因為我要和平／對有思想的人說／丟掉你的思想像倒垃圾／否則我有武器。」這裏對那種霸權邏輯做了鮮明而生動的陳述，對聞一多先生的遇難表示了沉痛哀悼。

四、採用現代派的變形詩藝。九葉詩人所處時代與西方現代派文學思潮產生的社會基本相似，他們的詩創作與西方現代派詩人一樣，聯想不受以事物的相似屬性為基礎的原則所限制。因此，詩中不合常理的成分非常多。如賦予各種動物以人的思想感情。馬，知道身後的執鞭者在人生裏要忍受更冷酷的鞭策，所以「從不吐呻吟／載著過重的負擔／默默前行」（鄭敏〈馬〉）；狗「學會讀老爺的日常臉色／敷衍少爺小姐們的愛玩脾氣」（杜運燮〈狗〉）；杭約赫的〈動物寓言詩〉更是寫貓的仁慈、孔雀的醜陋、蚤虱的愛情等等。他們還賦予自然景物以人的思想感情。鄭敏詩中的樹具有悲傷、憂鬱、鼓舞的感情（〈樹〉），杜運燮詩中的山，會嚮往高遠

變化萬千的天空，會喜歡有音樂天才的流水，夜裏還會做夢
（〈山〉）。這種變形手法，在創作中的自由聯想，大大拓展了詩歌
的表現空間，給讀者帶來了新的藝術享受。

　　九葉詩派在 40 年代譜寫了中國新詩發展史上亮麗的一章。到 80
年代，除穆旦、唐祈先後過世外，其餘幾位在新時期的文藝春天裏，
仍筆耕不輟，在詩的理論探索和創作實踐兩方面，為新詩的發展繼續
做出貢獻。袁可嘉出版了《現代派論‧英美詩論》，這是一本深入研究
西方現代派文學富有指導意義的論著。鄭敏翻譯編輯了《歐美現代派
詩集》，較為系統地反映了現代派詩歌百年來的面貌和發展狀況。她在
80 年代創作的詩有〈第二個童年與海〉、〈畫與音象組詩〉、〈海的肖
像〉、〈心象組詩〉、〈不再存在的存在〉、〈尋覓集〉等。杜運燮把握時
代，觸及現實的矛盾與困難，寫出了〈憂思錄〉、〈過香港〉、〈爭春〉
等詩，表現出詩人對社會生活的洞察與抒情風格的純淨。辛笛的〈靈
隱寺的佛如是說〉、〈嶗山歲月〉寫出了自己對生活的體驗和思考，告
別了淡淡的哀愁、低迴的情思，達到了「沒有夢，沒有惆悵」的境界。
陳敬容的〈老去的是時間〉、〈致白丁香〉等詩，在中西結合的意蘊中
情與理，經驗與意象、智慧與境界達到了和諧的統一，表現出詩人的
自信和執著的人生追求。唐湜的創作更是豐收，他出版了歷史傳說故
事詩〈海陵王〉、〈邊城〉、〈明月與蠻奴〉、十四行體現代敘事長詩〈幻
美之旅〉，還有南方風土故事詩〈淚瀑〉、〈魔童〉、〈劃手周鹿之歌〉等。
他的詩仍然發揚九葉詩派風格，冷靜、沉摯、凝練與含蓄。總之，他
們的成績在中國現代文學的天宇裏是顆永遠明亮的星。

第十九章　山藥蛋派

　　山藥蛋派是指 1942 年，毛澤東發表《在延安文藝座談會上的講話》以後，在趙樹理小說創作風格影響下所形成的有特定區域性標示的小說流派。該派以趙樹理為旗手，骨幹作家有馬烽、西戎、李束為、胡正、孫謙等。這一流派發軔於 40 年代，形成於 50 年代，繁榮於 60 年代初。儘管在 80 年代初，該流派還有影響，但在新文學思潮的衝擊下，很快就衰竭了。

　　山藥蛋派的命名過程是複雜而有趣的現象。1943 年，趙樹理發表小說《小二黑結婚》，此後他接連發表了《李有才板話》、《李家莊的變遷》等作品。這些作品在解放區產生了爆炸性反響。反響是雙重的，既有政治體制上的肯定，又有普通群眾的廣泛認同。1946 年 8 月 26 日，周揚在延安《解放日報》上發表〈論趙樹理的創作〉一文，代表了延安政治體制對它的高度肯定。1947 年 8 月 10 日，華北《人民日報》發表了陳荒煤的〈向趙樹理的方向邁進〉，第一次以鮮明的「方向」概念，把趙樹理創作的重要性推進到一個新的高度。這「趙樹理方向」可以看作對這個流派的最早命名，不過，此時的山藥蛋派尚處在萌芽狀態。馬烽、西戎、李束為、胡正、孫謙的創作還只處於起點，他們並不曾有意識地從藝術或審美的角度來體認自己創作的價值。他們走上文學道路並非是自己的偏愛，而是因為他們參加革命工作的需要、組織上的安排、黨的培養。因此他們的文藝理念完全是黨的聲音，是「為工農兵服務，和工農兵相結合，把立足點轉移到工農兵方面來」（束為〈生活之樹常青〉）。當時趙樹理的小說能在農村引起如此的轟動，是因為它衝破了新文學與農民之間的隔膜。趙樹理的小說很快由

各劇團搬上舞臺，農夫村婦扶老攜幼，如癡如醉地以一睹小二黑為快，在窮鄉僻壤不脛而走。從此趙樹理成為家喻戶曉的名人。1947 年，晉冀魯邊區文聯根據中央局宣傳部的指示，專門討論了趙樹理的創作，一致認為他是解放區最有代表性的作家，發出了「向趙樹理方向邁進」的號召。於是馬烽、西戎、李束為、胡正、孫謙接受趙樹理的影響無疑是巨大的。其原因，首先他們都是山西人，同在晉綏地區工作。這種地緣關係，實質上就是「地緣文化」的關係，昭示他們的理念構成、情感類型、生活民俗都有相似性。其次，他們有角色的共同性。40 年代，他們都是抗日根據地報紙的記者編輯，其職業使他們有共同的政治敏感，能在服務大局的前提下進行自我的文化創造，都是拿筆桿的戰士。再是他們的文化身份相似。他們文化學歷不高，但在農村他們是小知識份子，或者說是農村文化人，因此在當時的戰爭文化語境中，他們有共同的人文理想和特定的審美意識。在這樣的背景下，馬烽、西戎、李束為、胡正、孫謙對趙樹理的小說，有一種類似「故知重逢」的感覺，受其影響的過程始終是在被感染、欣喜、陶醉的氛圍中完成的。他們之間常常可以使得其中任何一位的個性化審美興趣都可以變為共有財富，成為集體模仿的對象。但對於山藥蛋派而言，解放前不過只是孕育萌芽狀態，還談不上流派的命名。

建國後的 50 年代是這一流派命名過程中的重要時期。1949 年的第一次文代會，周揚在題為〈新的人民的文藝〉的報告中，肯定了馬烽、西戎合著的《呂梁英雄傳》和趙樹理的《李家莊的變遷》，並且指出趙樹理的《李有才板話》是「解放區文藝的代表之作」，是「反映農村鬥爭的最傑出的作品」。同時也提到《小二黑結婚》。肯定了他的作品「具有高度的思想價值」和大眾語言的「藝術」價值。這說明了趙樹理、馬烽他們的創作得到了「政治體制」的充分肯定。但他們的其餘作品並未與趙樹理這些創作一起在讀者心理上產生「呼應式」效應。1949 年至 1957 年，他們分別離開山西調到北京、成都、重慶等地，直到 1957 年夏，馬烽、西戎、李束為、胡正、孫謙才聚合太原，開始

以專業作家的身分從事創作。這時他們具備了自己的藝術意識和鮮明的審美要求，走向藝術意識的自覺，逐步確立了方向一致的文學追求。馬烽發表了《撲不滅的火焰》（與西戎合作）、《三年早知道》、《老寡婦》、《停止辦公》、《我們村裏的年輕人》、《重要更正》等；西戎創作了《宋老大進城》、《一個年青人》、《行醫事件》、《姑娘的祕密》等；李束為創作的有《過時的愛情》、《好人田木瓜》、《老長工》等；孫謙的作品有《奇異的離婚故事》、《未完的旅程》、《傷疤的故事》、《半夜敲門》、《春山春雨》等；胡正的作品有《七月古廟會》、《兩個巧媳婦》、《拉驢記》等。這些作品與趙樹理建國以後創作的《登記》、《三里灣》、《鍛煉鍛煉》在文壇上形成了一股衝擊波，顯示出整齊、強大的創作陣容。這時評論界才以「群體」的眼光看待他們。這體現在 1958 年 11 月，《文藝報》刊出了一個《山西文藝特輯》，馬烽的《三年早知道》、西戎的《姑娘的祕密》、束為的《老長工》、孫謙的《傷疤的故事》和胡正的作品被集中評論。這些作品的風格包括立意、題材、衝突方式、結構和審美情趣與語言操作等方面都有相似性，形成「群體形象」。於是人們開始稱他們為「山西派」、「火花派」，前者從地域著眼，後者從刊物著眼，目的在於把他們作為群體來認識。至於山藥蛋派的命名始於何時，一直很難溯尋。朱曉進先生在 1995 年出版的《「山藥蛋派」與三晉文化》一書中說：「將這個流派命名為『山藥蛋派』，正是抓住了這個流派的地域色彩和鄉土氣息濃郁這一共同的特色。山西盛產山藥蛋，50 年代末，《山西日報》曾登載文章宣傳山藥蛋的種植、特性以及它在山西人民生活中的地位和食用方法等等。幾乎是同時，《文藝報》在 1958 年第 11 期推出了《山西文藝特輯》……也許是巧合，後來就有人將『山藥蛋』作了這一文學群體的名號。」然這一稱謂很久未被人所接受，只是私下說說而已。關鍵就是「山藥蛋」的命名是貶義的，其始作俑者，顯然覺得這一類創作「土裏土氣，不登大雅之堂」，含有明顯的戲謔意味，「後來由於這些作品在讀者中產生了影響，引起文學界的關注，有人著文評論這個流派的價值特色，才有了褒揚的意思」。

（西戎〈人民需要為人民的作家〉）誠然，把山西作家群稱為「山藥蛋派」，不管是出於愛暱的諧謔或微含輕蔑的調侃都無關緊要，它的叫法的確較為確當，形象、風趣地概括出了這個流派的特色。趙樹理說：「有人叫我『山藥蛋』，我很高興。」（董大中《趙樹理年譜》）山藥蛋派在上世紀 60 年代初，由於他們的創作被主流意識形態和最基本的群眾雙重認可，其審美情趣變成了一個時代的審美文化要求，因此他們非常走紅。60 年代初，趙樹理出版了《下鄉集》，收有〈登記〉、〈鍛煉鍛煉〉、〈老定額〉、〈套不住的手〉、〈實幹家潘永福〉、〈楊老太爺〉、〈張來興〉、〈互作鑒定〉。馬烽出版了《我的第一個上級》、《太陽剛剛出山》，西戎出版了《豐產記》，其中《燈心絨》、《賴大嫂》影響最大。孫謙出版了《南山的燈》。胡正出版了《汾水長流》，這些作品受到了社會大眾和專業領域的廣泛關注。山藥蛋派的陣容也增加了多人，如韓文洲、李逸民、義夫、謝俊傑、楊茂林、劉德懷等。其流派特性和陣容進一步得到了人們的認可。但是他們很快就受到了批評。因為他們沒有真正接受毛澤東提出的「革命現實主義與革命浪漫主義相結合」的創作方法。隨著批判「中間人物」論及其創作的加劇，趙樹理日益被邊緣化，於 1965 年 2 月 22 日離開北京，攜全家回到山西。山藥蛋派就開始走向消亡。儘管 80 年代初，有權文學、潘保安、成一、張石山、韓石山等作家的前期創作接承，但他們在新形勢下很快以新的面貌與「山藥蛋」做了完全的告別。山藥蛋派走到了坎坷歷史的終點。

　　山藥蛋派的浮沉榮辱與它的特點有很大關係，我想從創作特色的角度進行三點分析。第一，為解決現實問題而創作。山藥蛋派的創作方法無疑是現實主義的，但它絕不同於西方現實主義。西方巴爾扎克為代表的現實主義，以「求真」為最高目標，要求再現現實生活，揭示人與人之間各種錯綜複雜的社會關係，揭示生活的本質，追求藝術描寫的客觀冷靜，盡量不流露主觀傾向和價值取捨。而山藥蛋派並不講究再現生活全景或追求藝術描寫的客觀性，他們毫不隱蔽自己的主觀傾向和感情好惡。它似乎繼承的是中國傳統的現實主義。中國傳統

現實主義將「求善」置於「求真」之上，強調文學「正得失」及「經夫婦，成孝敬，厚人倫，美教化，移風俗」（《毛詩序》），主張「文章合為時而著，歌詩合為事而作」，並且以「惟歌生民病」為出發點，把文學視為「救濟人病，裨補時闕」（白居易〈與之九書〉）的有力手段，重在揭示現實問題，引起統治者的注意。趙樹理談到過，他產生創作衝動、形成作品主題，往往是因「在作群眾工作的過程中，遇到了非解決不可而又不是輕易能解決了的問題」。他認為這樣的作品「容易產生指導現實的意義」（〈也算經驗〉）。比如他寫《李有才板話》是為教育農村青年幹部要注意調查研究，不要被表面的工作成績所迷惑；寫《地板》是為了說明出租土地也是剝削，沒有勞動，土地自身不能產生財富的道理；寫《邪不壓正》，是想寫出當時土改全過程中的各種經驗教訓，使土改中的幹部和群眾讀了知所趨避。其他《三里灣》、《鍛煉鍛煉》等作品都是想解決所發現的問題。山藥蛋派小說揭示問題，當然不只是為上級領導瞭解基層情況而提供資訊，同時也為教育農民擺脫愚昧迷信和落後保守。他們在提出問題後都要解決問題，並且把解決問題作為創作的主要目標。山藥蛋派這一創作宗旨與當時毛澤東《在延安文藝座談會上的講話》的基本精神是一致的。正是由於《小二黑結婚》等作品最早體現了《講話》的精神而被譽為「趙樹理方向」的。趙樹理思想上的「為農民服務」與毛澤東的「為工農兵服務」相吻合，它從農村實際工作中發現問題，形成作品的主題，以配合黨在農村工作的具體政策、任務的創作方式，與毛澤東「文藝為政治服務」的方向也是吻合的。然而，毛澤東文藝思想中還有另一種主導因素，那就是理想主義和浪漫主義精神。它要求描繪更理想的生活，塑造體現共產主義理想的英雄形象。1958 年，毛澤東提出了「革命現實主義與革命浪漫主義相結合」的所謂「兩結合」創作方法。而山藥蛋派作品並未全力貫徹這一精神，所塑造的正面人物往往不佔中心位置，性格也並不特別鮮明突出。儘管馬烽那樣在作品中表現新人新事，但其人物並不高大完美，不足於成為全民的楷模。因此馬烽寫作相對於「人」

來說，他更重視「事」，相對「理想」來說，他更重視「問題」。特別是趙樹理在建國以後的作品，西戎的《賴大嫂》等小說，仍以揭露問題為主，不以宣傳理想為主；以暴露為主，不以歌頌為主。即使像趙樹理的《套不住的手》、《實幹家潘永福》似乎有歌頌為主的意思，但作者所歌頌的是主人公平凡之中的偉大與實幹精神，沒有人為地進行撥高，以表現人物的共產主義理想。因為他認為：「農村自己不產生共產主義理想，這是肯定的。農村的人物如果落實點，給他加上共產主義思想，總覺得不合適」（〈在大連會議上的發言〉）。山藥蛋派雖然暴露的都是前進中的問題，主要是農村內部的一些矛盾，而且結局大多是「大團圓」式的，落後的人物在事實面前，在先進人物的開導下有了轉變。這就是山藥蛋派所堅持的以發現問題、解決問題的創作宗旨。它當然與「兩結合」精神不相吻合，從而遭遇到批判就在所難免了。

第二，小說題材的泥土氣息。山藥蛋派作品的取材都是充滿泥土氣息的農村日常生活，描寫的人物都是農村的普通人物。我們知道，在抗日根據地，不管是以農村生活為題材的作品還是以戰爭為題材的作品，大都是以階級鬥爭為指導思想的。它體現出一種戰爭思維模式，強化表現階級矛盾、階級衝突，表現血與火的鬥爭。山藥蛋派雖然也產生於戰爭年代，但它不以表現階級鬥爭見長。因為在他們看來，階級矛盾往往是潛在的，在解放區或社會主義農村，人民內部矛盾更為突出，人民內部矛盾構成農村日常生活的主要內容。與趙樹理的《小二黑結婚》、《李有才板話》幾乎是同一時期的歌劇《白毛女》和長詩《王貴與李香香》表現的都是地主對農民的殘酷剝削和壓迫，意在通過階級鬥爭，批判舊社會的罪惡，提高觀眾的階級覺悟。在這類作品中，人物的階級意識是自覺的。但山藥蛋派的大部分作品不在於揭示階級矛盾，揭示的是農村在社會關係大變動背景下，日常生活中遇到的種種現實問題。即使馬烽的《村仇》也寫到了階級矛盾，但作品中的農民卻沒有自覺的階級意識，相反地，「村仇」掩蓋了階級仇，宗姓關係掩蓋了階級關係。小說的主題是教育農民認清「村仇」的真正根

源，消除人民內部矛盾，解決存在的問題。趙樹理、馬烽、西戎、束為、胡正、孫謙都是實際工作者，是黨的基層幹部兼作家，他們創作的材料都是「拾來的」（〈也算經驗〉），是日常生活中的問題及其解決方式。因此，山藥蛋派作品的題材一般可以分如下幾類。1.反對迷信，反對封建落後意識，主張婦女解放，婚姻自主。有趙樹理的《小二黑結婚》、《登記》、《求雨》、《傳家寶》、馬烽的《一架彈花機》等。2.揭露農村基層政權建設中的問題與幹部的官僚主義作風。有趙樹理的《李有才板話》、《邪不壓正》，西戎的《冬日的夜晚》、《老好幹部》等。3.批評農民的自私落後思想，揭示社會主義改造的艱鉅複雜。有趙樹理的《三里灣》、《鍛煉鍛煉》，西戎的《賴大嫂》。4.為被壓迫者、被歧視的人正名，揭示其原因。有趙樹理的《福貴》、馬烽的《金寶娘》。5.揭示農民被統治階級「精神奴役的創傷」。有馬烽的《村仇》、束為的《紅契》。當然山藥蛋派作家也寫過英雄傳奇故事；寫過表現翻身農民歡樂心情、歌頌社會主義新人新事的小說，但其思想藝術成就不及「問題小說」。山藥蛋派寫的人物多為「中間人物」或「轉變人物」，是普通人，芸芸眾生，故不理想、不英雄。雖然有人說山藥蛋派的問題小說有許多局限性，比如就事論事、過於糾纏細枝末節、生活面不夠廣闊等，但我看山藥蛋派作品亦有高於許多同時代作品的地方。它沒有把現實生活中的問題簡單地歸於政治制度，他們發現在新政權新制度下也照樣會出現老問題。所以他們雖然沒有把解放區明朗的天空描寫為烏雲密佈，然也沒有寫成萬里無雲、一塵不染。同時，山藥蛋派對農民群眾意識深處的落後面的批判是很嚴厲的，不只是把問題歸結為個別人物品質的優劣，而是追溯到傳統思維方式。例如《登記》中小飛娥婆婆的心理刻畫；《福貴》、《金寶娘》中的正名，都達到了一定的思想深度。

第三，從經驗出發的創作原則。建國以後，一些老作家由於為了思想上進步、理論上正確，往往寫不出作品，形成「思想進步，創作退步」的現象，有的人乾脆中止了創作。而山藥蛋派作家來自農村，

一直與農民打成一片，對農民有親切的感受，寫農村生活已是駕輕就熟。40 年代到 50 年代，他們的具體感受、思想觀點與共產黨的農村政策基本一致，因而寫出的作品既能體現黨的理論觀點，又不違背自己的感性經驗、具體感受；既符合政策，又有一定藝術性。正是趙樹理自己所說：「因為上級作為任務提出來的號召，都是在群眾中早已存在的問題，不過這時只是由領導把它總結出來，再普遍號召下去。如果自己生活在群眾中間，自己也出過一份力量，那你只要把自己親身感受到的新鮮事物寫出來，就會和上級的號召相吻合，不致感到突然，也不致感到在趕任務。」(〈當前創作中的幾個問題〉)這是一種從經驗出發的創作方式。然而，從 50 年代後期開始，由於共產黨內左傾錯誤日益嚴重，「理論觀點」與山藥蛋派作家本人的具體生活感受的差距越來越大，他們從揭露問題出發，從具體經驗和感受出發的創作原則愈益難以實行了。儘管如此，趙樹理仍然不放棄從生活實際出發、從經驗出發的創作原則。就在「兩結合」創作方法提出的同一年，他在〈和工人習作者談寫作〉時說：「如果既不熟悉生活，作品又讀得少，只想要別人告訴你一些抽象理論，然後你按照一種固定的方法去寫作，那麼寫出來的東西一定是乾巴巴的。」他提出「不要強調追求究竟什麼是正確的創作方法」，這明顯與當時的理想主義精神背道而馳。正由於這種重具體感受的創作原則，山藥蛋派的作品沒有公式化、概念化的缺陷，至今仍有一定的認識價值和藝術欣賞價值。然由於理論修養的缺乏，也使得趙樹理這樣優秀的作家未能取得更大成就。山藥蛋派最大的審美價值就是他們對農民文化心理的藝術表現。這種審美價值所起的社會作用是其他作家無法替代的。但正由於局限在農民文化範疇內，視野不開闊，僅局限於農民讀者，只揭示具體問題，而不對人生、社會做更深入的思考，那麼其作品要有更形而上的發現，就不易實現了。

第二十章　荷花淀派

　　荷花淀派以孫犁的小說而命名。荷花淀派的主帥是孫犁，其主要成員有劉紹棠、叢維熙，韓映山、房樹民、苑紀久等人。孫犁 1945年春在延安《解放日報》上發表了小說〈荷花淀〉，引起延安讀者的注意。1979 年，孫犁在〈關於《荷花淀》的寫作〉一文中說：「這篇小說引起延安讀者的注意，我想是因為同志們長年在西北高原工作，習慣於那裏的大風沙的氣候，忽然見到關於白洋淀水鄉的描寫，颺來的是帶有荷花香味的風，於是情不自禁地感到新鮮吧。」孫犁在這裏不僅說出了自己藝術風格最鮮明的地方，而且也說出了這種風格的鄉土淵源。孫犁接著發表了《蘆花蕩》、《麥收》、《琴和簫》、《囑咐》、《吳召兒》等作品，在他工作的冀中產生了較大影響，有稱讚的好評，但沒有形成流派。荷花淀派的形成那是上世紀 50 年代的事。當時孫犁發表了長篇小說《風雲初記》和中篇小說《鐵木前傳》，並把他寫於戰爭年代和建國前後的幾十篇短篇小說和散文編為《白洋淀紀事》一書出版。於是一些文學青年競相仿效和學習，自覺地以孫犁的作品為創作的楷模，追求孫犁的詩意寫實風格。當時，孫犁在編輯《大津日報》文藝週刊。他吸引、團結和培養了一批文學青年，不僅編刊他們的作品，而且從中發現人才，通過改稿、交談、通信、講課多種形式，對青年作者進行不懈的創作指導。這樣，在天津、北京、保定一帶，逐步形成了一個創作風格相近的「荷花淀派」。他們沒有結社，沒有宣言，也不發表共同主張。荷花淀派的形成與孫犁辦刊的指導思想可能有直接關係。孫犁在〈關於編輯和投稿〉一文中曾說：「刊物要往小而精裏辦，不往大而濫裏辦，這不只是為了節省財、物、人三力，主要是為

了提高創作水平。」他認為：「刊物要有地方特點，地方色彩。要有個性。要敢於形成一個流派，與兄弟刊物競相比賽。」從這裏可以看出，孫犁是有意利用他主編的文學園地，發表具有與自己藝術風格相近的作品的，這就有利於荷花淀派的形成。1953 年底出版的《運河灘上》一書，收有劉紹棠、叢維熙、韓映山、房樹民、吳夢起、華路等人的小說，可能是荷花淀派的一次集體亮相。不過，荷花淀派並沒有山藥蛋派那樣被當時主流意識形態以及政治體制所認可，多般是潛隱在革命文學洪流下的一股清泉，於是幾十年後，有研究者認為荷花淀派「似有若無」、「若即若離、忽隱忽現，宛在堤柳煙波之間」（《河北文學》1981 年第 4、5 期）。這當然與 50 年代的文學時尚和文學體制有關。那個時代並不需要流派，也產生不出成熟的流派。當年善心的人們希望發展荷花淀流派，那似乎只是一種美好的幻影。

荷花淀派是現實主義文學的信奉者。早在 1938 年春，孫犁剛剛參加抗日宣傳工作，寫的第一篇論文就是〈現實主義文學論〉，他認為現實主義「像一道氣流浸透著每一個有良心的作家」，現實主義作品「被大眾無滯礙地歡迎接受」。然而孫犁與一般現實主義作家不同，他從來不把現實主義當作一種「方法」或「技巧」。他把它理解為一種基本的創作精神，一種熱烈擁抱現實、真實反映現實、積極推動現實生活前進的現實主義精神。因此，他不主張在「現實主義」前邊附加批判或革命的任何修飾詞，他所倡導的是一種真誠的現實主義。孫犁在許多文論著作中反覆強調「真誠」。他認為：「作家應該說些真誠的話。如果沒有真誠，還算什麼作家？還有什麼藝術？」（〈奮勇地前進、戰鬥〉）他反對虛假和矯飾。他說：「創作的命脈，在於真實。這指的是生活的真實，和作者思想意態的真實。這是現實主義的起碼之點。」（〈致鐵凝信〉）所謂「生活的真實」，就是文學要做到真與信，「要有真情，要寫真象」（《孫犁散文選・序》）。他在回顧自己的創作道路時說：「我的創作，從抗日戰爭開始，是我個人對這一偉大時代，神聖戰爭，所做的真實記錄。其中也反映了我的思想，我的感情，我的前進腳步，我

的悲歡離合。」(《孫犁文集・自序》)孫犁把通過「真誠的回憶」寫成的表現了真正的歷史的作品稱作是「血寫的書」，這些作品是經得住現實和歷史檢驗的，是會和歷史共命運的。他為了忠實於歷史，一般不對自己已經發表的作品進行任何修改。他說：「我們表現生活，反映現實，要衡之以天理，平之以天良。就是說，要合乎客觀的實際，而出之以藝術家的真誠。」(〈克明《荷燈記》序〉)在寫人物時，孫犁主張要寫出真實的人，不要把人神化或鬼化。這種「優缺點並重，功過並舉」的文學觀點，滲透在孫犁對古今許多人物的評價之中。他說：「我堅決相信，我的伙伴們只是平凡的人，普通的戰士，並不是什麼高大的形象、絕對化了的人。」(〈近作散文的後記〉)孫犁主張作家「寫同等生活，同類的人物，雖不成功，離題還不會太遠」。而「熱衷於創造出一個為萬世師、為天下法的英雄豪傑，就很可能成為俗話說的『畫虎不成，反類其犬』」。(《耕堂讀書記一》)孫犁的作品大都是他親身經歷、親眼所見，思想所及、情感所繫的，對於那些沒有參加過、沒有見過的事情，從來不胡編亂造，做欺人之談。他提倡作家對生活要沉澱。「不要見到就寫」，「不要急於求成」，「讓生活和人物的印象，在你的腦海裏沉澱一下，再寫不晚」(〈讀冉淮舟近作散文〉)。他非常重視細節的真實。「藝術所重，為真實。真實所存，在細節。」「忽視細節真實，而侈論『大體真實』，此空談也，偽說也。」(《朋友的彩筆》)孫犁這些普通的見解，看來平凡，但在當時「本質真實」的狂言中就顯出其平凡的不易。

所謂「作者思想意態的真實」，就是指作家要有真情實感。孫犁認為「真情實感」是創作的一條重要規律。古人曰：「修辭立其誠。」也就是說，只有作家具有真誠的情懷，才能感動讀者，達到修辭的目的。孫犁說：「語言是發自作家內心的東西，有真情才能有真話。虛妄狂誕之言，出自辯者之口，不一定能感人；而發自肺腑之言，訥訥言之，常常能使聽者動容落淚。」(〈讀作品記四〉)孫犁把真情和激情當作構成現實主義的重要因素。他自己的作品可以說篇篇都是信筆直書、感

情流放之作。在戰爭年代，他有所見聞和感觸，就立刻表現出來。「有所見於山頭，遂構思於澗底；筆錄於行軍休息之時，成稿於路旁大石之上；文思伴泉水而淙淙，主題擬高岩而挺立。」（〈關於散文〉）由於在創作中傾訴了心中的鬱積，傾注了真誠的感情，說出了真心的話，所以，每當他誦讀自己的稿件時，「常常流出感激之情的熱淚」（〈答吳泰昌問〉）。孫犁恪守著要忠實於自己的真情實感的原則，所以當有讀者希望他再寫一篇〈荷花淀〉那樣的小說時，他抱歉地說「寫不出那樣的小說來了」，因為「我沒有了當年寫作那些小說時的感情，我不願用虛假的感情，去欺騙讀者」（〈戲的夢〉）。在強調階級鬥爭的日子裏，孫犁堅守個人的真情實感，當然是難能可貴的。

正由於孫犁堅持真誠的現實主義，使他的創作風格常常不那麼典型地體現主流革命文學的特徵，在文學的情致乃至文學的話語方式上，它與主流文學的政治主旋律有所偏離。主流文學追求文學的政治效應，崇尚階級鬥爭，進行的是社會政治的宏大敘事。而孫犁的創作，則慣於在政治衝突之外表現人性之善、人情之美、人倫之和。孫犁前期的作品，從敘述表層看，符合主流文學寫工農兵、歌頌現實及文字通俗的要求。但在審美層面上，使我們能夠感到的是一種有別於主流文學，以表現人性美為旨歸的詩意敘事。政治在孫犁的作品中，常常只作為時代的具體背景而存在。在這個背景中，他所展示的、所歌頌的，不僅限於工農兵的階級性和革命性，而是這些工農兵身上那些更寬泛也更高的人類的優秀精神品質，如善良、正義、堅強、忠貞、純潔等等。他對革命的表現，也並不是首肯革命本身的意義，而是著眼於革命鬥爭的目標，即人類的平等、安寧、幸福。因此，在他的作品中，往往注入了能夠體現美好情感與高尚情懷的人生詩意和溫情。他用的語言固然平易、樸素，但他不追求民間話語的俗白，而是繼承了「五四」新文學文人白話的簡潔，體現的不是世俗趣味，而是文人的情致。這一點在他的《荷花淀》、《風雲初記》、《鐵木前傳》中表現得非常成功。

　　正由於孫犁真誠的現實主義文學觀念，使他守持從「五四」啟蒙文學中承繼來的人道主義和個性主義。抗日戰爭時，他輕易地實現了人道主義與革命的統一，但在其後漫長的歲月裏，孫犁所經驗的，則是人道與革命兩種信仰不能兼得的痛苦。例如〈秋千〉寫的是土改，敘述的焦點是一個家庭成分被劃成富農的女孩子心靈所遭遇的痛苦。這種對血統論發出疑問的主題，明顯不符合當時革命文學主流的模式。由於孫犁敘述方式的抒情化和光明尾巴的單純處理，小說並未顯得鋒芒畢露，因而避免了當時主流文學對它的批判。但這裏體現出來的是沒有按主流文學的政治標準構思，其意識深處所憐憫的是那些在這場無情的社會風暴中可能受到傷害的個體生命。這種對個人心靈和命運的關注，顯然是人道主義的關懷。〈村歌〉也是一篇游離於主流文學的小說。〈村歌〉的主人公雙眉是個出身中農、年輕漂亮、愛唱戲、性格潑辣、方圓聞名的人物，因此她便被拒絕參加互助組。小說中，以婦救會幹部王同志為首的一群婦女，是排斥雙眉的主要勢力。小說的結構突出的不是階級的對立，而是個人與群體的對立。孫犁將這樣一個個性鮮明而絕對不符合主流文學理想形象的人物作為主人公，並且毫不掩飾地對她偏愛，這種選擇本身就是一種個性主義的表現。作品呈現的是對社會庸俗勢力壓制個性的批判。孫犁在文學中推崇人道主義與個性主義，是他與絕大多數主流文學作家不同的地方。

　　追隨孫犁的荷花淀派作家深受孫犁真誠現實主義文學觀念的影響。他們在藝術風格上主要表現出三個特點。第一，詩情畫意的浪漫情趣。荷花淀派作家有一種樂感精神，他們善於以理想的熱情去發掘歷史現實中的真善美，並以此去消除那些虛偽和醜惡。他們很少以金鉦羯鼓去揮寫風雲變幻的雄奇，而是用錦瑟銀箏去描繪花前月下的清雅。小說都充滿詩情畫意的浪漫情趣。如孫犁《荷花淀》中化險為夷的俊秀筆調，《蘆花蕩》中撐船老頭巧殲鬼子的痛快瀟灑；劉紹棠《瓜棚記》中秋收和紅桃的樂觀進取；叢維熙《遠離》中妻子送別丈夫的豁達開朗；韓映山《作畫》中林紅紅的淡淡戀情。都表現出人生的美

好、生活的溫馨。傳統文化中的樂感精神在這裏化做了新時代美的詩和畫的美。第二，濃郁的鄉土氣息。鄉土意識在文學中是個母題。它其中一個重要的內容就是「戀鄉情結」。所謂「戀鄉情結」是指縈繞在人們內心深處的那種眷戀和偏愛故鄉的情感。這種戀鄉情感不但作為一種個體生命的心理因素而存在，而且它滲透進一種社會文化內容，成為一個民族群體的歷史意識的沉澱。中國鄉土意識可以分為各種感情類型，其中一種是屬於浪漫抒情式的「鄉土理想化」類型。京派的沈從文、荷花淀派的孫犁所代表的就是這種類型。與山藥蛋派不同。山藥蛋派不以古奧感人，而是真切平實、通俗簡樸，充滿太行山、呂梁農村的鄉土氣息，土香土色。而荷花淀派雖然具有白洋淀的蒼茫和空濛的地域色彩，但主要成就不囿於地域本色，而在於一種美的極致，戀鄉情結融注在人物形象之中。孫犁〈山地回憶〉中的妞兒，〈幸福〉中的秀梅，〈村歌〉中的雙眉；劉紹棠〈瓜棚記〉中的紅桃；叢維熙〈雞鴨委員〉中的翠枝兒；韓映山〈作畫〉中的林紅紅，都給人一種質樸、自然、健康、清新的美。由於作者寫她們的時候用的多是彩筆，熱情地把她們推向陽光下、春風中，於是荷花淀派筆下的女性形象都有初日照臨水出芙蓉般的美麗。傳統文化中的天然純美精神在這裏被賦予了新的審美內容，突出了荷花淀派的美學風格。第三，人間和諧的倫理情懷。作為革命文學洪流中的荷花淀派作家是不可能完全脫離主流政治的，但荷花淀派一般不貼政治標籤，他們作品中的革命性總是通過對現實生活的詩情畫意的抒寫，自然而然地流露出來。山藥蛋派的趙樹理贊成文學要趕任務，要服從當前政治的需要，因此，他的作品能觸及時弊，針對性很強，及時發揮警世、匡時、勸人的社會教育作用。這就難免有急功近利的情況出現。荷花淀派情況就不同。孫犁主張要離政治遠一點，對生活要沉澱，不能急功近利。如果從文化繼承背景上看，荷花淀派是繼承了傳統的「緣情」精神。它導源於傳統文化中的血親倫理。中國民族傳統中保有「仁者愛人」的倫理觀念，又衍生出「倫理本位」的原則，講究群體和諧、個體反省。在文學上既

講言志，又講緣情、重倫理，講情趣、抒真情。荷花淀派的作品所呈現的荷花香風，生活情趣和倫理溫馨，正是傳統文化的倫理精神和緣情意識的體現。如孫犁〈荷花淀〉、〈囑咐〉中水生夫婦的深情；劉紹棠〈擺渡風〉中俞青林的獻身精神；叢維熙〈夜過棗園〉中翠蘭的人道精神，韓映山〈作畫〉中林紅紅與奎栓間的初戀情愫，都是人間的倫理感情，所體現出來的和諧情懷，閃亮著人性的光輝。

荷花淀派在思想上追求人品與文品的統一，要求作家具有高尚的道德修養。作品表現真善美。在形式上不追求故事性，以散文化的結構方式聯綴章節，以融情入景的方法描寫秀美的風景畫和清麗的風俗畫，作品洋溢著濃郁的鄉土氣息。語言上重錘煉，文字清新、含蓄，筆調幽美、典雅、溫馨。上世紀80年代，鐵凝被視為荷花淀派的後起之秀，但其題材、風格倒底已發生了很大改變。這說明一個流派在文學史上可能有久遠的影響，但不可能長久於世。

後　記

　　本書收錄的二十篇文稿，是前兩年應一家雜誌社編輯的約稿而陸續寫成的。該雜誌的主要讀者是文學青年，因此這些文稿主要介紹了中國現代文學各流派形成的淵源、文學主張以及創作特色，以求普及文學知識、提高文學素養。

　　需要說明的是，本書開頭幾篇論述較淺顯簡單，後來應讀者要求，寫作時充實了一些內容，然總體觀之，此書仍稍顯單薄，缺乏學術規範，故書名為「漫談」，望讀者包涵。只要此書能使人從中獲益，我便心滿意足了。

作者　朱汝瞳

2009 年 9 月

語言文學類　PG0418

中國現代文學流派漫談

作　　者 / 朱汝曈
主　　編 / 蔡登山
責任編輯 / 詹靚秋　蔡曉雯
圖文排版 / 黃莉珊
封面設計 / 陳佩蓉

發 行 人 / 宋政坤
法律顧問 / 毛國樑　律師
印製出版 / 秀威資訊科技股份有限公司
　　　　　114 台北市內湖區瑞光路 76 巷 65 號 1 樓
　　　　　電話：+886-2-2657-9211　傳真：+886-2-2657-9106
　　　　　http://www.showwe.com.tw
劃撥帳號 / 19563868　戶名：秀威資訊科技股份有限公司
　　　　　讀者服務信箱：service@showwe.com.tw
展售門市 / 國家書店（松江門市）
　　　　　104 台北市中山區松江路 209 號 1 樓
　　　　　電話：+886-2-2518-0207　傳真：+886-2-2518-0778
網路訂購 / 秀威網路書店：http://www.bodbooks.tw
　　　　　國家網路書店：http://www.govbooks.com.tw
圖書經銷 / 紅螞蟻圖書有限公司
　　　　　114 台北市內湖區舊宗路二段 121 巷 28、32 號 4 樓
　　　　　電話：+886-2-2795-3656　傳真：+886-2-2795-4100

2010 年 09 月 BOD 一版
定價：210 元

國家圖書館出版品預行編目

中國現代文學流派漫談 / 朱汝曈著. -- 一版. --
臺北市：秀威資訊科技, 2010.09
　　面，　　公分. -- (語言文學類 ; PG0418)
BOD 版
ISBN 978-986-221-545-6 (平裝)

1.中國當代文學　2.文學流派　3.文學評論

820.908　　　　　　　　　　　990414100

讀者回函卡

感謝您購買本書，為提升服務品質，請填妥以下資料，將讀者回函卡直接寄回或傳真本公司，收到您的寶貴意見後，我們會收藏記錄及檢討，謝謝！如您需要了解本公司最新出版書目、購書優惠或企劃活動，歡迎您上網查詢或下載相關資料：http:// www.showwe.com.tw

您購買的書名：_____

出生日期：_____年_____月_____日

學歷：□高中 (含) 以下　　□大專　　□研究所 (含) 以上

職業：□製造業　□金融業　□資訊業　□軍警　□傳播業　□自由業
　　　□服務業　□公務員　□教職　　□學生　□家管　　□其它_____

購書地點：□網路書店　□實體書店　□書展　□郵購　□贈閱　□其他

您從何得知本書的消息？

　□網路書店　□實體書店　□網路搜尋　□電子報　□書訊　□雜誌

　□傳播媒體　□親友推薦　□網站推薦　□部落格　□其他_____

您對本書的評價：（請填代號　1.非常滿意　2.滿意　3.尚可　4.再改進）

　封面設計____　版面編排____　內容____　文／譯筆____　價格____

讀完書後您覺得：

　□很有收穫　□有收穫　□收穫不多　□沒收穫

對我們的建議：_____

_____

_____

_____

11466
台北市內湖區瑞光路 76 巷 65 號 1 樓

秀威資訊科技股份有限公司　　收

BOD 數位出版事業部

....

（請沿線對折寄回，謝謝！）

姓　　名：＿＿＿＿＿＿＿＿　年齡：＿＿＿＿　性別：□女　□男

郵遞區號：□□□□□

地　　址：＿＿＿＿＿＿＿＿＿＿＿＿＿＿＿＿＿＿＿＿＿＿

聯絡電話：(日)＿＿＿＿＿＿＿＿＿　(夜)＿＿＿＿＿＿＿＿＿

E-mail：＿＿＿＿＿＿＿＿＿＿＿＿＿＿＿＿＿＿＿＿＿＿